Gröls Verlage

„BÜCHER SIND WIE FALLSCHIRME. SIE NÜTZEN UNS NICHTS, WENN WIR SIE NICHT ÖFFNEN."

Gröls Verlag

Redaktionelle Hinweise und Impressum

Das vorliegende Werk wurde zugunsten der Authentizität sehr zurückhaltend bearbeitet. So wurden etwa ursprüngliche Rechtschreibfehler *nicht* systematisch behoben, denn kleine Unvollkommenheiten machen das Buch – wie im Übrigen den Menschen – erst authentisch. Mitunter wurden jedoch zum Beispiel Absätze behutsam neu getrennt, um den Lesefluss zu erleichtern.

Um die Texte zu rekonstruieren, werden antiquarische Bücher von Lesegeräten gescannt und dann durch eine Software lesbar gemacht. Der so entstandene Text wird von Menschen gegengelesen und korrigiert – hierbei treten auch Fehler auf. Wenn Sie ebenfalls antiquarische Texte einreichen möchten, finden Sie weitere Informationen auf www.groels.de

Viel Freude bei der Lektüre wünscht Ihnen das Team des Gröls-Verlags.

Adressen

Verleger: Sophia Gröls, Im Borngrund 26, 61440 Oberursel

Externer Dienstleister für Distribution & Herstellung: BoD, In de Tarpen 42, 22848 Norderstedt

Unsere „Edition | Werke der Weltliteratur“ hat den Anspruch, eine der größten und vollständigsten Sammlungen klassischer Literatur in deutscher Sprache zu sein. Nach und nach versammeln wir hier nicht nur die „üblichen Verdächtigen“ von Goethe bis Schiller, sondern auch Kleinode der vergangenen Jahrhunderte, die – zu Unrecht – drohen, in Vergessenheit zu geraten. Wir kultivieren und kuratieren damit einen der wertvollsten Bereiche der abendländischen Kultur. Kleine Auswahl:

Francis Bacon • Neues Organon • **Balzac** • Glanz und Elend der Kurtisanen • **Joachim H. Campe** • Robinson der Jüngere • **Dante Alighieri** • Die Göttliche Komödie • **Daniel Defoe** • Robinson Crusoe • **Charles Dickens** • Oliver Twist • **Denis Diderot** • Jacques der Fatalist • **Fjodor Dostojewski** • Schuld und Sühne • **Arthur Conan Doyle** • Der Hund von Baskerville • **Marie von Ebner-Eschenbach** • Das Gemeindekind • **Elisabeth von Österreich** • Das Poetische Tagebuch • **Friedrich Engels** • Die Lage der arbeitenden Klasse • **Ludwig Feuerbach** • Das Wesen des Christentums • **Johann G. Fichte** • Reden an die deutsche Nation • **Fitzgerald** • Zärtlich ist die Nacht • **Flaubert** • Madame Bovary • **Gorch Fock** • Seefahrt ist not! • **Theodor Fontane** • Effi Briest • **Robert Musil** • Über die Dummheit • **Edgar Wallace** • Der Frosch mit der Maske • **Jakob Wassermann** • Der Fall Maurizius • **Oscar Wilde** • Das Bildnis des Dorian Grey • **Émile Zola** • Germinal • **Stefan Zweig** • Schachnovelle • **Hugo von Hofmannsthal** • Der Tor und der Tod • **Anton Tschechow** • Ein Heiratsantrag • **Arthur Schnitzler** • Reigen • **Friedrich Schiller** • Kabale und Liebe • **Nicolo Machiavelli** • Der Fürst • **Gotthold E. Lessing** • Nathan der Weise • **Augustinus** • Die Bekenntnisse des heiligen Augustinus • **Marcus Aurelius** • Selbstbetrachtungen • **Charles Baudelaire** • Die Blumen des Bösen • **Harriett Stowe** • Onkel Toms Hütte • **Walter Benjamin** • Deutsche Menschen • **Hugo Bettauer** • Die Stadt ohne Juden • **Lewis Caroll** • *und viele mehr….*

Magda Trott

Pucki und ihre Freunde

Eine Erzählung für Kinder

Inhalt

Tausend Freunde

Hedi, die achtjährige Tochter des Försters Sandler, die man weit und breit nur als Pucki Sandler kannte, stand auf einem Stuhl und betrachtete mit nachdenklicher Miene den dicken Abreißkalender, der im Wohnzimmer an der Wand hing. Ihr um vier Jahre jüngeres Schwesterchen Waltraut blickte ebenfalls voller Erwartung zu den Blättchen auf, die Pucki durch die Finger gleiten ließ.

„Es dauert noch lange, bis wir den Kuchen bekommen."

„Wie lange noch?" fragte Waltraut.

Pucki suchte im Abreißkalender und behielt ein ganzes Päckchen Blätter zwischen den Fingern.

„Diese Blättchen müssen alle erst abgerissen sein, dann hat der Vati Geburtstag, dann kommt der große Freund, und dann gibt es endlich den Kuchen mit den vielen Rosinen. – Ach, der schmeckt so gut!"

„Och", sagte Waltraut betrübt, „noch so viele Blättchen! – Wollen wir nicht machen, daß wir schneller den Kuchen bekommen?"

Pucki tippte mit dem Fingerchen auf den 24. Mai. „Hier gibt es Kuchen, bis dahin müssen wir noch furchtbar lange leben. Jedes Blatt ist ein Tag. – Ach, sieh mal, Waldi, so oft müssen wir noch schlafen gehen!"

Waldi bemühte sich ebenfalls, auf den Stuhl zu steigen, doch gelang es der Vierjährigen nicht.

„Waldi will auch sehen, wann es Kuchen gibt!"

Pucki nahm den Kalender von der Wand, legte ihn auf den Stuhl, und dann beugten sich die beiden Kinder interessiert über die Blätter.

„Wo gibt's Kuchen?" fragte Waldi noch einmal.

Abermals suchte Pucki im Kalender, bis sie den 24. Mai gefunden hatte.

Da lachte Waltraut lustig auf. Ihre kleinen Hände ergriffen mehrere Blättchen und rissen sie ab. Pucki legte beide Hände auf den Rücken und schaute wortlos dem Treiben der kleinen Schwester zu. Als der Fußboden mit zahlreichen Zetteln besät war, sagte Pucki nachdenklich:

„Es wird uns nichts nützen, wir werden was auf die Finger bekommen, aber keinen Kuchen."

Waltraut hingegen jubelte hell auf und meinte, man brauche nun nicht mehr so oft schlafen zu gehen, und der Kuchen mit den vielen Rosinen müsse bald gebacken werden. Sie war gerade im Begriff, nach der Küche zu eilen, um die Mutti an diese wichtige Arbeit zu erinnern, als die Försterin ins Zimmer trat.

„Was ist denn hier geschehen?"

Pucki stand noch immer unbeweglich da, während Waltraut strahlend auf den Kalender wies: „Waldi hat gemacht, daß der Vati jetzt Geburtstag hat! Bäckst du nun den Kuchen?"

„Wer hat euch erlaubt, den Kalender von der Wand zu nehmen und die Blätter abzureißen?"

„Es hat so furchtbar lange gedauert, Mutti, bis der Vati Geburtstag hat", erklärte Pucki. „Wir haben uns den Kalender immerfort angesehen."

Die Folge war, daß die beiden Kinder einige Klapse auf die Finger bekamen und die Blätter zusammensuchen mußten.

„Für dich wäre es besonders schlimm, Pucki, wenn der Vater heute Geburtstag hätte, denn dein Geschenk ist noch lange nicht fertig. Oder hast du heute schon an dem Lesezeichen gestickt?"

„Nein", sagte Pucki kleinlaut, „ich hatte so viel anderes zu tun, Mutti!"

„Dann geh sofort an die Arbeit. – Wie steht es mit den Schularbeiten? Bist du damit fertig?"

„Ich hatte doch so viel anderes zu tun, Mutti, und nachher kommt der Fritz Niepel, der hilft mir. Dann geht es viel schneller, dann brauche ich nicht erst zu rechnen."

„Schämst du dich nicht, Pucki, so was zu sagen? Fritz darf dir bei den Schularbeiten nicht helfen. Willst du denn ein dummes Mädchen bleiben? Was wird Vatis Freund sagen, der zu Pfingsten zu uns kommen will? Er ist ein netter Lehrer, der dich gewiß fragen wird."

Pucki machte große Augen. „Noch ein Lehrer? – Ach, Mutti, wir haben in der Schule genug Lehrer! – Wenn er ein Lehrer ist, soll er lieber nicht herkommen."

„Das war wieder recht unartig, mein Kind. Onkel Strenke ist Vaters guter Freund, den kennt er schon seit seiner Kindheit. Der Vater freut sich darauf, seinen früheren Schulkameraden wiederzusehen. Und da willst du sagen, er soll nicht kommen?"

„Wenn es doch lieber ein Forstmann wäre, Mutti, dann könnte er kommen und lange, lange hierbleiben. An Vatis Geburtstag haben wir doch gerade Ferien, was soll denn dann ein Lehrer bei uns?"

„Du hörtest, daß Onkel Strenke Vaters Freund ist, Vatis einziger Freund."

„O je, warum hat er nicht viele Freunde?"

„Weil er nicht mit jedem Menschen Freundschaft schließt."

„Aber ich habe doch so viele Freunde, Mutti."

„Dummerchen, du weißt gar nicht, was Freundschaft ist, dazu bist du noch viel zu klein."

„Oh, Mutti, ich weiß, was Freundschaft ist! Wenn man jemanden sehr lieb hat und ihm immerfort eine Freude machen möchte. Wenn man immerfort mit ihm spielen möchte. – Der Harras ist mein Freund!"

„Der Harras ist doch ein Hund, Pucki."

„Man kann doch auch einen Hund zum Freund haben! Der Onkel Oberförster hat neulich gesagt, der Greif sei sein bester Freund. Der Greif ist doch auch ein Hund."

„Gewiß, mein Kind, man kann auch mit Tieren Freundschaft schließen."

„Und Peter, unser lieber Kater, ist auch mein Freund, und die süßen Zicklein und das rosa Schweinchen und dann alle die Piepvöglein im

Walde auch. Du, Mutti, die kennen mich, sie wissen ganz genau, daß sie meine Freunde sind."

„Gewiß, Pucki, so lange du noch ein kleines Mädchen bist, ist es lieb von dir, alle Tiere zu guten Freunden zu haben. Doch wenn du groß geworden bist, sind die Tiere alle längst gestorben, oder du denkst nicht mehr an sie. Eine Freundschaft soll aber das ganze Leben hindurch dauern. Freunde sollen bis ins hohe Alter zusammenhalten, sollen Freud und Leid miteinander teilen, sollen sich beistehen – –"

„So mache ich das auch mit Harras."

„Gewiß, mein Kind, doch wenn man von Freundschaft spricht, denkt man zuerst an die Menschen."

„Ach, da habe ich noch viel mehr Freunde! Der Paul, der Walter und der Fritz Niepel. – Den Paul kann ich freilich nicht recht leiden, er ist zu frech!"

„Dann ist er auch nicht dein Freund. Freunde hat man sehr gern."

„Na, dann ist der Paul eben nicht mein Freund, aber die Rose Scheele und der Oberförster Gregor und sein Junge, der große Claus! Ach, Mutti, der ist mein allerbester Freund, mit dem will ich auch Not teilen, wie du eben gesagt hast. – Ach ja", sagte sie nachdenklich, „der große Claus ist mein allerbester Freund. – Sag mal, Mutti, hast du auch einen Freund?"

„Einen Freund habe ich nicht, Pucki, aber eine sehr liebe Freundin, mit der deine Mutti regelmäßig Briefe wechselt. Alles, was sie erlebt, erfahre ich, und sie weiß wieder, was im Forsthause vorgeht. Wir haben uns schon in der Schule sehr lieb gehabt."

„Und jetzt ist sie alt?"

„Genau so alt wie deine Mutti."

Pucki legte die Arme um den Hals der Försterin. „Mutti, hast du die Freundin lieber als mich?"

„Kleines Schäfchen, du bist doch mein Töchterchen, eine Mutti hat zu allererst ihre Kinder lieb."

„Hast du mich auch lieb?“ fragte Waltraut, kam angelaufen und stieß Pucki ziemlich unsanft zur Seite.

„Gehste weg!“ schrie Pucki. „Du kannst ja noch nicht mal lesen und schreiben. Ich bin auch schon viel länger bei der Mutti als du! – Nicht wahr, Mutti, deswegen hast du mich auch lieber?“

„Nein, Pucki, ich habe euch alle drei ganz gleich lieb.“

Pucki zog die Nase kraus. „Auch den kleinen Knubbel, der im Wagen liegt und immer schreit?“

„Ja, Pucki! Ihr seid meine drei lieben Mädchen. Alle drei sind mir ganz gleich lieb, das merke dir.“

„Ich bin aber schon am längsten bei dir, Mutti. Und wenn du uns jeden Tag lieb hast, habe ich die meisten Tage deine Liebe bekommen! Ätsch, Waltraut, mich hat die Mutti doch lieber!“

Der Streit, der wieder auszubrechen drohte, wurde von Frau Sandler rasch geschlichtet. Sie wußte, ihre beiden Kinder waren recht lebhafte Mädchen, die sich jedoch herzlich liebten. Vor drei Monaten war noch ein drittes Mädchen ins Sandlersche Haus gekommen, das den Namen Agnes erhalten hatte.

„Ist gut so“, sagte Pucki, „bei Niepels sind ja auch drei Jungen, da hat jetzt jeder eine Freundin.“

Die Drillinge von dem Gut, das kaum zwanzig Minuten von dem Forsthause entfernt war, weilten oft auf Besuch bei Sandlers, und ebenso oft waren Hedi und Waltraut dort eingeladen. Die Drillinge waren zwar zwei Jahre älter als die Sandlersche Älteste, doch die beiden kleinen Mädchen fanden, daß es sehr fröhlich war, mit ihnen zu spielen, in den Ställen herumzulaufen oder auf dem Gutshofe allerlei lustige Spiele zu treiben. –

Lange dauerte die friedliche Stimmung zwischen den beiden Schwestern aber nicht.

„Ich habe viel mehr Freunde als du“, sagte Pucki zu Waldi. „Ich habe noch den Fritz Lange, den Georg Rabe und den Kuno Meister. Ach nein, den mag ich nicht leiden, aber die Thusnelda, die Marie, die Grete und alle anderen aus der Schule, alle sind meine Freunde. – Ätsch, so viele hast du nicht!“

„Die Waldi hat auch viele Freunde!“ meinte die kleine Schwester dagegen.

„Aber ich habe tausend!“

„Und ich habe sieben!“

„Hahaha“, lachte Pucki und spreizte die Fingerchen. „Sieh mal, das sind sieben! Aber tausend! Tausend ist so groß wie die ganze Welt!“ Sie umschrieb mit beiden Armen einen Kreis. „Das sind tausend Freunde. Aber du – o je, nur sieben! Das ist ja nur bis zu meinem Zeigefinger von der anderen Hand.“

„Sieben ist viel mehr als tausend“, stritt Waldi.

Pucki schrie fast vor Lachen. „Komm du nur erst in die Schule, dann wird man dir schon sagen, was tausend ist! – Na, ich habe eben tausend Freunde!“

„Du sollst nicht so übertreiben“, mahnte die Mutter. „Tausend Löcher hat dir die Mutti schon gestopft, die du in die Strümpfe gerissen hast. – Tausend Freunde hat kein Mensch, Pucki.“

„Du auch nicht, Mutti?“

„Nein, mein Kind, ich sagte dir schon, daß ich nur noch eine einzige Freundin habe. Sie ist mir daher sehr ans Herz gewachsen. Alle anderen Freundschaften aus der Schulzeit sind entschwunden. Und doch haben wir uns damals in allen Klassen ewige Freundschaft zugeschworen. Deine Mutti hat sogar noch ein Poesiealbum mit vielen Versen von Liebe und Freundschaft.“

„Was ist das für ein Album, Mutti?“

„Wenn du erst größer geworden bist, mein Kind, bekommst du auch solch ein Album. Es ist später eine sehr liebe Erinnerung an die Schulkameradinnen."

„Ach, Mutti, ich möchte gern mal das Album sehen!"

„Pucki, denke an deine Schularbeiten und an das Lesezeichen für den Vater."

Hedi sprang auf den Schoß der Mutter, legte schmeichelnd ihren Kopf an deren Schultern und sah sie mit ihren blauen Augen so bittend an, daß Frau Sandler lächeln mußte.

„Mutti, nachher sticke ich auch so schnell wie die Minna, ach, noch viel schneller! Ich werde mir auch vom Fritz beim Rechnen nicht helfen lassen, aber – zeige mir das Album."

„Dann komm, Pucki."

Frau Sandler ging zum Schreibtisch, schloß einen der Schübe auf und entnahm ihm ein kleines braunes Buch, das auf dem Deckel in großen goldenen Buchstaben das Wort „Poesiealbum" trug. Pucki buchstabierte angestrengt an diesem Wort herum.

„Ein schönes Buch – aber ein schweres Wort. – Mutti, was steht nun drin?"

Frau Sandler schlug die Seiten auf. Überall waren Verse niedergeschrieben, auf den gegenüberliegenden Seiten klebten bunte Bilder.

„Ist das eine schöne Poesie!"

„Das sind Verse von Mädchen, die einst mit mir in die Schule gingen", erklärte Frau Sandler. „Sie wünschten mir Gutes fürs spätere Leben. Sieh her, Pucki, dieser Vers stammt von meiner Freundin Erika, an die ich heute noch Briefe schreibe."

„Lies mal, Mutti!"

„Nein, Pucki, sei nicht so bequem, lies doch selbst."

„Sehr hübsch, sehr hübsch“, sagte Pucki und schlug das Blatt um. „Ach, guck, Mutti, das hübsche Bild!“

„Ich denke, du wolltest die Verse lesen?“

Pucki lief zu einem Sessel, setzte sich hinein, verschränkte die Arme über der Brust und sagte schmeichelnd: „Nun lies mal, Muttilein!“

Frau Sandler klappte das Album wieder zu und wollte es im Schreibtisch verschließen. Da war Pucki mit wenigen Sprüngen an ihrer Seite. „Na, dann mal los. – Wo ist der Vers von der Erika?“

Die Försterin schlug wieder das Album auf, Pucki tippte mit dem Fingerchen auf den kurzen Vers und begann zu lesen:

„Kennst du das Blümchen am – am – –

Mutti, das haben wir noch nicht gehabt, das ist so schwer.“

Frau Sandler half lächelnd nach. „Am moosigen Quell.“

„Moosigen Quell“, wiederholte Pucki.

„Es leuchtet in deinem Leben so hell,
Blau ist die Farbe, strahlend sein Licht,
Die Freundschaft nennt es: Vergißmeinnicht.

Dies schrieb in herzlicher Freundschaft Deine Freundin
Erika Ranft.“

„Diese Freundschaft ist geblieben, Pucki. – Ich habe Erika nie vergessen. – Und hier, lies einmal diesen Vers, der von einer anderen Schulkameradin stammt. Wir beide sind sehr bald auseinandergekommen.“

„Mutti, jetzt bist du dran zu lesen.“

„Rosen, Tulpen, Nelken,
Diese Blumen welken,

Eisen, Stein und Marmor bricht,
Aber unsere Freundschaft nicht.“

„Oh, der ist schön“, jubelte Pucki. „Jetzt frage ich den großen Claus, ob er auch so ein Buch hat. Dann schreibe ich ihm das in sein Buch. – Mutti, ich muß auch so ein Buch haben, dann laß ich meine tausend Freunde einschreiben. Alle müssen mir aber auch so ein hübsches Bild einkleben, denn das ist noch viel schöner als der Vers.“

„Solch ein Album ist eine liebe Erinnerung. Wenn du erst älter geworden bist, darfst du dir eines wünschen.“

„Kann ich es mir nicht gleich wünschen, Mutti, weil es so schön ist?“

„Man muß nicht alles sofort haben wollen, mein liebes Kind.“

Frau Sandler wollte das Poesiealbum wieder einschließen, da fand Pucki ein zweites Buch, das dem Album ganz ähnlich sah. Schon hielt sie es in den Händen und blickte fragend zur Mutter.

„Ist das auch so ein Buch, wo die große Freundschaft eingeschrieben wird?“

„Nein, Pucki, das ist Muttis Tagebuch.“

„Tagebuch?“ wiederholte das Kind gedehnt. „Was steht denn in dem Tagebuch?“

„Alles das, was deine Mutti an jedem Tag erlebte, was sie freute oder was ihr weh tat.“

Pucki überlegte ein Weilchen. „Mach doch mal auf, Mutti!“

Frau Sandler schlug das Buch auf.

„Oh – –“ stammelte Pucki, „hat dir so oft was wehgetan, daß so viele Seiten vollgeschrieben sind?“

„Nein, Pucki, so ist das nicht gemeint. Alle wichtigen Ereignisse meines Lebens sind hier niedergeschrieben. An jedem Tage, an dem etwas geschah, was nicht alltäglich ist, schrieb die Mutti es in das Buch.“

„Was haste denn da alles geschrieben?“

„Als du in unser Haus kamst, wurde es vermerkt, auch als Waldi kam.“

„Und als Agnes kam?“

„Das steht auch hier, mein Kind.“

„Nein, Mutti, soviel Arbeit würde ich mir nicht machen! Ich muß schon so viel für die Schule schreiben.“

„Ein Tagebuch ist auch nur für Erwachsene.“

„Ob der Claus auch so ein Tagebuch hat?“

„Das weiß ich nicht. Auf jeden Fall ist solch ein Tagebuch etwas sehr Schönes.“

„Warum schließt du es denn wieder ein?“

„Weil niemand zu wissen braucht, was ich in dieses Buch geschrieben habe.“

„Na, dann brauchst du es doch gar nicht erst aufzuschreiben. – Hast du niemals in solch ein Buch von anderen hineingesehen?“

„Ja, Pucki, einmal habe ich es getan.“

„Mutti“, flüsterte Pucki am Ohr der Förstersfrau, „da bist du aber neugierig gewesen, hast das Buch aufgeschlagen und ein bißchen reingeguckt?“

„Nein, mein Kind, neugierig bin ich damals nicht gewesen, es kam ganz durch Zufall. Doch das ist eine lange, traurige aber wunderschöne Geschichte.“

„Au, dann erzähle mal!“

„Eine Geschichte der Freundschaft.“

„Die muß ich hören, liebe, liebe Mutti, weil ich doch so viele Freunde habe. Mit der Rose Scheele, die schon zweimal im Sommer bei uns war, habe ich auch Freundschaft geschlossen und mit dem Fritz Niepel auch.“

„Dabei zankst du dich beständig mit dem Fritz. – Nein, Pucki, das ist noch keine Freundschaft. Freundschaft muß Opfer bringen können.“

„Nun erzähle rasch mal von dem Opfer und der Freundschaft!"

„Vielleicht wirst du es noch nicht ganz verstehen, mein Kind, trotzdem werde ich es dir erzählen. Ich möchte wünschen, daß diese Geschichte für dich unvergessen bleibt. Du kannst daraus ersehen, was Freundschaft vermag."

„Nu erzähle doch, Mutti!"

„Die Freundin, von der ich sprechen werde, ist dieselbe, die mir in mein Album jenen Vers schrieb, den du vorhin gelesen hast."

„Die Erika?"

„Ja, die Erika. – Sie war ein Jahr älter als ich, ein sehr fleißiges und tüchtiges Mädchen. Sie verließ ein Jahr früher als ich die Schule und nahm sehr bald eine Stellung als Kinderfräulein an. Deine Mutti wollte gern Säuglingsschwester werden. Das sind junge Mädchen, die die ganz kleinen Kinder bewachen und betreuen müssen."

„So wie du es jetzt mit der Agnes machst?"

„So ähnlich, Pucki. Deine Mutti hatte leider kein Geld, um diesen Beruf zu erlernen."

„Hat dir Vati denn nichts gegeben?"

„Den kannte ich damals noch nicht."

„Was – den Vati hast du nicht gekannt?"

„Sei doch endlich still! Du sollst mich nicht immer unterbrechen."

„Jetzt bin ich ganz still, Mutti. Bitte, bitte, erzähle weiter, wie du das kleine Kindchen behüten wolltest."

„Deine Mutti wußte nun gar nicht, was sie beginnen sollte. Sie wollte etwas lernen und hatte kein Geld dazu. Da schrieb mir eines Tages meine Freundin Erika, ich möchte mich ruhig als Säuglingsschwester anmelden, denn die Ausbildung koste nicht so viel, wie ich anfangs glaubte. Deine Mutti bekam auch bald den Bescheid, daß man sie für wenig Geld annehmen wolle. So wurde es mir möglich, meine Ausbildung als

Schwester zu beginnen. Ich war sehr erfreut darüber, daß man von mir viel weniger Geld verlangte als von meinen Mitschülerinnen, doch konnte ich mir das nicht erklären. Ich machte das Examen, nahm eine Stellung an und habe dann bald geheiratet."

Pucki blickte die Mutter verständnislos an.

„Als ich verlobt war, suchte ich meine Freundin Erika auf. Sie hatte eine Stellung als Stütze bei einer Hausfrau angenommen, eine schwere Stellung. Sie mußte von früh bis spät arbeiten und hatte kaum eine freie Stunde. Erika sah sehr abgearbeitet und elend aus. Ich stand in ihrem Stübchen und erwartete sie, weil sie von der Hausfrau gerufen worden war. Da sah ich ein Buch auf dem Tisch liegen, das ich aufschlug. Es war Erikas Tagebuch."

„Da haste rasch ein bißchen gelesen?"

„Ich hätte es nicht tun dürfen, Pucki. Meine Augen fielen gerade auf meinen Namen. Da las ich, daß Erika fast meine gesamte Ausbildung bezahlt hatte. Sie selbst gönnte sich während meiner Ausbildungszeit kein Vergnügen. Jeden Pfennig sparte sie für mich, weil sie wußte, daß ich nichts besaß und das Examen machen wollte. In dem Buch stand, daß sie sich gern einmal ein Vergnügen gegönnt hätte. Doch es ging ja nicht, weil sie für mich alles hingab."

„Mutti, hat sie sich nicht mal ein Stückchen Schokolade gekauft?"

„Nein, mein Kind, nicht die kleinste Leckerei konnte sie kaufen. Sie hatte ihre leichte Stelle aufgegeben und eine viel schwerere angenommen, weil sie dort besser bezahlt wurde. Sie brauchte mehr Geld, weil meine Ausbildung immer teurer wurde. Ich habe nichts davon geahnt und freute mich nur, daß ich so vieles lernen konnte. Niemals habe ich daran gedacht, daß Erika meinetwegen entbehren mußte. – Siehst du, das geschah aus Liebe, aus treuer Freundschaft zu mir. Sie hat es gern getan. – Und nun wirst du begreifen, meine kleine Pucki, was Freundschaft ist."

„Nicht mal ein Stückchen Schokolade! – Ist sie auch nicht ins Kasperletheater gegangen oder Karussell gefahren?"

„Alles Geld, das sie verdiente, hob sie für mich auf.“

„Mutti“, sagte Pucki kleinlaut, „muß man das immer so machen, wenn man Freunde hat?“

„Man muß stets daran denken, dem anderen etwas Liebes zu erweisen. Doch vorläufig bist du noch viel zu klein, um den wahren Sinn der Freundschaft zu erfassen. Später wirst du es lernen.“

„Ich möchte es aber bald lernen, Mutti, denn ich will recht viele Freunde haben. – Mutti, es muß schön sein, viele Freunde zu haben.“

„Ja, Pucki, Freundschaft macht sehr glücklich.“

„Steht nun in deinem Tagebuch auch so was Schönes drin?“

„Gewiß, Pucki, liebe und traurige Erinnerungen.“

„Weißt du, Mutti, ich möchte auch ein Tagebuch haben! Ich habe doch auch traurige Erinnerungen. – Weißt du noch, wie der Paul vom Baum gefallen ist? Und wie sich der liebe Harras den Schwanz einklemmte, und wie die alte Schmanzgroßmutter gestorben ist?“

„Das brauchst du vorläufig noch nicht niederzuschreiben, mein Kind.“

„Na, ich wünsche mir zu meinem Geburtstag auch so ein Tagebuch, dort schreibe ich alles rein. Und wenn es mir mal irgendwo weh tut, schreibe ich es auch auf.“

In diesem Augenblick ertönte aus dem Garten lautes Schreien. Waltraut lag auf der Nase und hatte sich beide Knie blutig geschlagen. Harras, der Jagdhund, stand neben ihr und rieb seinen braunen Kopf an Waldis Rücken, als wolle er die Weinende trösten.

„Lauf rasch, Pucki, hole Waltraut herein, damit wir ihr die Knie abwaschen.“

„Ach ja“, seufzte Pucki und lief schnell aus dem Zimmer.

Draußen schrie sie Waltraut an: „Fall doch nicht immerzu hin! Wenn du noch nicht richtig laufen kannst, bleibe hübsch sitzen!“

Waltraut lief schluchzend ins Haus. Pucki nahm Harras um den Hals und sagte zärtlich: „Nicht wahr, lieber Harras, wir beide sind zusammen gute Freunde. Wenn ich erst mal Geld verdiene, spare ich für dich und kaufe dir eine große Wurst. – Hast du mich auch lieb, Harras? Bist du auch mein großer Freund?“

Da setzte sich Harras auf die Hinterbeine und reichte Pucki beide Vorderpfoten, als wolle er dadurch seine große Freundschaft bekräftigen.

Das Rückenkissen

Pucki hatte von der Mutter den Auftrag bekommen, dem Vater die Kaffeetasse auf den Tisch zu stellen und dafür zu sorgen, daß er einen warmen Nachmittagstrunk hätte, wenn er aus dem Walde käme. Pucki war über solche Aufträge stets hocherfreut und machte Minna, dem treuen Hausmädchen, damit das Leben schwer. Mehrfach mußte Minna dem Kind verweisen, den Finger nicht in den Kaffeetopf zu stecken, um zu fühlen, ob der Kaffee für Vati auch warm genug sei. Pucki trug selbst den Zucker, die Milch und das Brot auf den Tisch und lief, wenn alles fertig war, immer wieder ungeduldig zur Gartenpforte, um nachzusehen, ob der Vati nicht bald käme.

So war Pucki auch heute wieder voller Ungeduld. Nachdem sie sich überzeugt hatte, daß der Kaffee in der Küche dampfte, nahm sie an der Gartenpforte Aufstellung und wartete. Harras kündigte durch lautes Bellen das Kommen des Försters an und eilte dem kleinen Mädchen schweifwedelnd entgegen.

„Weidmannsheil, Vati, heute mache ich dir den Kaffee, er ist ganz heiß. Ich habe mir beinahe den Finger verbrannt.“

„Weidmannsdank, Pucki, der Vati freut sich auf den Kaffee und auf die Ruhestunde, der Vati ist heute ganz besonders müde.“

„Das ist schön, Vati, dann legst du dich nachher auf das Sofa, und ich decke dich zu.“

Wenige Minuten später kam der Förster an den Kaffeetisch. Pucki rückte ihm den großen Stuhl zurecht und schrie aufgeregt nach Minna, die die Kanne mit dem Kaffee hereinbringen sollte.

„Ist er auch schön heiß?“ fragte Pucki.

Minna lachte nur und ging wieder hinaus. Sie mußte sich um die kleine Agnes kümmern, da die Försterin heute mit Waltraut nach Rahnsburg gegangen war.

Förster Sandler setzte sich in den bequemen Stuhl.

„Pucki, lauf und hole mir noch ein Kissen, der Vati hat heute einen krummen Rücken.“

Pucki brachte ein Kissen herbei und stopfte es dem Vati so energisch in den Rücken, daß er einen leisen Schmerzensschrei hören ließ. Dann zog er das Kissen ein wenig höher.

„Hast du noch ein Kissen, Pucki? Der Vater möchte heute recht mollig sitzen.“

Das kleine Mädchen drehte sich auf dem Absatz einige Male um sich selbst und ließ die Augen im Zimmer herumgehen. „Auf einem sitzt du schon, Vati, eins hast du im Buckel, und das andere habe ich rasch dem Harras hingetragen, weil er vielleicht auch sehr müde ist.“

„Dann hole mir aus dem Nebenzimmer das hübsche gelbe Kissen.“

„Darf ich nicht, Vati – das Kissen mit der schönen Bommel darf ich nicht nehmen. Weißt du, Mutti hat mal gescholten.“

„Nun, dann lassen wir es sein, Kind, es geht auch ohne das Kissen.“

„Wenn du doch aber so müde und krumm im Rücken bist, Vati? – Soll ich dir meinen Mantel holen? Ich roll' ihn ganz fest zusammen; das macht der Paul Niepel immer so, wenn er sich im Wald niedersetzt.“

„Laß nur, Pucki. – Nun erzähle mir mal, was du heute gemacht hast.“

Hedi Sandler berichtete von ihren Erlebnissen in der Schule, unterbrach sich aber ganz plötzlich und sagte: „Vati, ist ein Stuhlkissen nicht viel was Schöneres als ein Lesezeichen?"

„Wieso?"

Pucki machte ein pfiffiges Gesicht. „Mir ist eben ganz was Schönes eingefallen, aber ich sage es dir nicht! – Vati, ich muß rasch mal zur Minna hinauslaufen und sie was fragen."

Schon eilte sie aus dem Zimmer und betrat das Kinderzimmer, in dem Minna den Säugling auf dem Arm wiegte.

„Ich weiß was, Minna! Wenn der Vater am 24. Mai Geburtstag hat, schenke ich ihm ein Kissen, damit er weich im Rücken sitzt. Und das Lesezeichen kannst du fertig sticken und ihm schenken. Aber du darfst nichts sagen, das ist mein schönes Geheimnis."

„Mach nur das Lesezeichen fertig, darüber freut sich der Vater ganz bestimmt."

„Ich möchte aber lieber ein Kissen machen."

„Dazu brauchst du Stoff, dann muß es genäht werden. – Nein, Pucki, Mutti hat bestimmt, daß du ein Lesezeichen arbeitest, und dabei bleibt es."

„Ich brauch' keinen Stoff!"

„So, woraus willst du denn das Kissen machen?"

Hedi ging in ihre Spielecke, riß aus dem Puppenwagen ein Stück Stoff heraus und hielt es mit glänzenden Augen der Minna hin. „Ätsch – das hat mir zu Weihnachten die Großmutti geschickt. Mutti hat gesagt, es sei zu schade für die Puppe, sie könnte daraus ein Kissen machen! – Ätsch, jetzt mache ich das Stuhlkissen für den Vati!"

„Da wird deine Puppe aber recht traurig sein, wenn sie die schöne Wagendecke hergeben muß."

„Sie darf nicht traurig sein! Ach, Minna, ich freue mich, daß ich dem Vati ein Rückenkissen machen kann. Wenn er dann mal wieder einen krummen Buckel hat, lege ich ihm mein Kissen auf den Stuhl, dann freut er sich."

Minna achtete nicht mehr auf das Geplauder von Hedi, die noch einmal den schönen Brokatstoff betrachtete. Das gab ein herrliches Kissen ab. Man brauchte den Stoff nur ringsherum zusammenzunähen und irgend etwas hineinzustopfen, damit das Kissen dick wurde. Was würden Vati und Mutti für Augen machen, wenn sie am Geburtstag mit dem Kissen erschien! In aller Heimlichkeit mußte es geschehen.

Als Pucki wieder neben dem Vater im Eßzimmer saß, hatte ihr Gesicht einen listigen Ausdruck.

„Na, na", meinte der Vater, „was denkst du dir denn wieder aus, Pucki?"

Das Kind drückte beide Hände fest auf den Mund und schüttelte den Blondkopf.

„Ist es wieder ein Geheimnis, Pucki?"

„Wenn einer bald Geburtstag hat, Vati, darf man nichts sagen."

„Nun gut, so will ich nicht weiter fragen."

„Aber freuen wirst du dich! Es glitzert und hat bunte Blumen. – Mehr sage ich dir aber nicht!"

Seit dieser Stunde dachte Pucki beständig an das Geburtstagsgeschenk für den Vati. Sie wußte zwar nicht recht, wie sie das Rückenkissen fertigstellen sollte. Am anderen Morgen packte sie den Stoff in die Schulmappe, denn vielleicht konnte ihr Thusnelda, ihre Mitschülerin, einen guten Rat geben. Thusnelda wurde von Pucki in allen Dingen um Rat gefragt. Obwohl Thusnelda immer recht ärmlich gekleidet war und keinen Vater hatte, der für sie sorgen konnte, hatte Pucki gerade diese Klassenkameradin in ihr Herz geschlossen. Am ersten Schultage wanderte Puckis Schultüte in Thusneldas Hände, und sie trug auch Puckis Schuhe. Manches Kleidchen, das Pucki zu eng geworden war, hatte Thusnelda beglückt in Empfang genommen.

Vor Beginn des Unterrichtes bereitete Pucki den Brokatstoff, der natürlich von allen bestaunt wurde, auf der Bank aus.

„Ich mache meinem Vati zum Geburtstag ein Rückenkissen, damit er weich sitzt. – Habt ihr zu Hause auch solche Kissen, Thusnelda?“

„Nein.“

„Ich nähe das Kissen zusammen, dann stopfe ich Federn hinein, damit es hübsch weich wird.“

„Hast du denn Federn?“

„Nein – –“

„Meine Mutter stopft in die Betten Stroh“, sagte Thusnelda. „Wir haben auch keine Federn.“

Da Pucki bereits Sorgen hatte, woher sie Federn für das Stuhlkissen nehmen sollte, schien ihr Stroh ein rettender Ausweg zu sein. Warum sollte sie nicht auch Stroh in das Kissen stopfen können? Davon lag genug im Ziegenstall. Wenn sie etwas fortnahm, merkten die Eltern nichts, und die Überraschung gelang.

Pucki erkundigte sich eingehend bei Thusnelda, ob man auf einem Strohkissen auch gut liegen könne. Als Thusnelda das bestätigte, beschloß sie, gleich heute das Kissen zusammenzunähen und Stroh aus dem Ziegenstall hineinzustopfen.

Die Arbeit wurde zu Hause auch wirklich in Angriff genommen. Mit einer langen Stopfnadel nähte Pucki das Kissen zusammen. Endlich war diese schwere Arbeit getan. Dann schlich sie in den Ziegenstall.

„Paßt mal gut auf, Schwänzli und Leckerli, ich brauche euer Stroh. Ihr müßt dem Vati was abgeben, wie sich das für gute Freunde gehört.“

Schon zog Pucki das Stroh unter den Füßen der Ziegen weg.

„Puh –“ sagte sie, „das geht nicht! Ich muß sauberes Stroh haben!“ Sie suchte die sauberen Strohhalme heraus. Als sie ein gut Teil davon in den Händen hielt, wollte sie mit dem Stopfen beginnen. Dabei zeigte es sich, daß sie das Kissen an allen vier Seiten zugenäht hatte.

Für den heutigen Tag mußte die Arbeit unterbleiben, weil noch Schulaufgaben zu machen waren und die Mutter darauf drang, daß Pucki am Lesezeichen stickte. Sie tat es schweigend. Das Kissen mußte eine Überraschung werden, sie durfte also keine Silbe davon verraten.

Am nächsten Tag begann die Arbeit von neuem. Die eine Seite des Kissens wurde wieder aufgetrennt und das Stroh hineingestopft. Pucki preßte es mit aller Kraft in die Umhüllung und stellte enttäuscht fest, daß an allen Seiten die Halme durch die Nähte hindurchstachen.

„Die schneide ich einfach ab", sagte sie zu sich.

Sehr große Schwierigkeiten machte das Zusammennähen der vierten Seite. Das Kissen sah aus wie eine Pauke. Nach zwei weiteren Tagen war die Arbeit jedoch vollendet. Freudestrahlend trug Pucki das Kissen ins Kinderzimmer, legte es auf einen Stuhl und setzte sich darauf, um es auszuprobieren. Ein leises Knacken und Krachen – da waren zwei Seiten aufgeplatzt. Das Stroh quoll heraus.

Wieder vergingen zwei Tage mit Überlegungen. Das mit Stroh gestopfte Kissen gefiel dem Kinde nicht. Es mußte etwas anderes zum Füllen gefunden werden. Und nun waren es die Niepelschen Drillinge, die ihr einen guten Rat gaben.

Pucki und Waltraut waren am Sonntag, wie schon oft, auf das Niepelsche Gut geholt worden, um mit den Knaben und dem kleinen Schwesterchen Dora zu spielen. Gutsbesitzer Niepel hatte seine drei Knaben aus der Rahnsburger Grundschule herausgenommen und ihnen einen Hauslehrer gegeben. Mit Herrn Hupfer schien er einen guten Griff getan zu haben. Er hielt die drei wilden Knaben ziemlich streng und sorgte für Ordnung. Freilich, mit Paul hatte er manchmal einen schweren Stand, denn Paul ersann manchen tollen Streich und verführte seine beiden Brüder Walter und Fritz zu den unglaublichsten Dummheiten. Aber gerade das übte auf Pucki große Anziehungskraft aus. Es war gar zu schön, mit den drei Knaben herumzutollen. Jedesmal, wenn sie und Waltraut bei Niepels waren, verschwand Pucki mit den Drillingen und ließ das Schwesterchen bei der vierjährigen Dora.

So auch heute. – Kaum hatte man den Kaffee getrunken, als Paul der Pucki verstohlen ein Zeichen machte. Die vier verschwanden aus dem Zimmer.

„Kommt“, flüsterte er draußen den anderen zu, „ich habe gesehen, daß die Tür zum Heuboden offen steht. Dort können wir uns verstecken. – Kommt schnell!“

Alle vier stiegen die steile Stiege zum Heuboden hinauf. Pucki warf sich begeistert in das duftende Heu.

„Du darfst dir davon was mitnehmen“, sagte Walter, „denn mit Heu stopft man die schönsten Kissen.“

Pucki griff in das weiche Heu. „Es riecht so schön! Au, ich nehme mir ein paar Arme voll mit, dann wird das Kissen besonders fein. Das sticht auch nicht so sehr wie das olle Stroh.“

„Und nun wollen wir erst mal Verstecken spielen“, meinte Paul.

Die Kinder vergruben sich tief ins Heu, wühlten Gänge von einem zum anderen und belustigten sich herrlich. Plötzlich ertönte ein lauter Schrei.

„Eine Maus!“ brüllte Fritz, der kleinste der drei Knaben.

„Wo ist sie? Die schlagen wir tot!“

Pucki wühlte sich, so rasch es ging, aus dem Heu heraus und stellte sich vor Paul hin. „Du“, sagte sie mit warnend erhobenem Finger, „laß das kleine Mäuschen hübsch leben, es hat dir nichts getan.“

„Der Vater fängt auch Mäuse.“

„Mein Vater fängt sie auch, aber er fängt sie gleich so, daß sie nicht erst in Angst und Schrecken sind. Die Maus hier im Heu mußt du leben lassen. Wenn du der kleinen Maus ein Leid antust, hilft sie dir nicht, wenn du in den Zauberwald gehst.“

„Hahaha“, lachte Paul und tippte mit dem Finger auf die Stirn, „wo ist denn der Zauberwald?“

„Bei meinem Vati! In dem Zauberwald sind auch Mucki und Pucki, die beiden Kinder der Waldfrau, die mit Kienäpfeln nach den Leuten werfen, um sie zu necken."

„Deswegen heißt du auch Pucki."

„Nein, die Pucki im Walde ärgert die Leute immerfort, und ich ärgere sie nur ein bißchen."

„Wenn der Wald von deinem Vater ein Zauberwald ist, mußt du dich doch fürchten, darin spazieren zu gehen", sagte Fritz ein wenig ängstlich.

Pucki lachte. „Ich brauche mich nicht zu fürchten, denn alle Tiere im Walde haben mich lieb und alle Bäume auch. Sie sind alle meine Freunde. Ich tue aber den Tieren auch kein Leid an, und wenn wirklich mal der böse Zauberer käme und mich verhexte, würden alle Tiere kommen und mir helfen."

„Dann werden die Tiere auch nicht helfen können", meinte Paul.

„O doch – dem Fridolin haben sie auch geholfen. Und wenn mir die Tiere nicht helfen können, kommen die Heinzelmännchen. Die sind gut, die haben dem armen Schneider geholfen, sie haben mir auch schon mal geholfen. Dann kommen auch die kleinen Mäuschen, die du eben totschlagen wolltest, und helfen mir, denn dem Fridolin haben sie auch geholfen."

Die drei Knaben kamen näher an Pucki heran, und Walter fragte: „Wer ist denn der Fridolin?"

„Das war ein kleiner Junge, der ging in den Wald, um Beeren zu suchen. Allen Tieren hat er geholfen und ihnen Krümchen von seinem Brot gegeben. Deshalb waren ihm alle Tiere sehr gut. Und wenn er sich zu den Ameisen setzte, nickten ihm die kleinen Ameisen freundlich zu."

„Das ist ja dummes Zeug", rief Paul. „Ich habe mich auch mal zu den Ameisen gesetzt, da sind sie mir in die Hosen und in die Jacke gekrochen und haben mich schrecklich gebissen. Noch drei Tage später sind sie an mir 'rumgekrochen. – Du, Pucki, der Fridolin hat sich ganz bestimmt nicht in einen Ameisenhaufen gesetzt."

„Laß doch Pucki weitererzählen“, zürnte Fritz.

„Im Walde waren auch viele schwarze Käfer und niedliche graue Mäuschen, denen hat der Fridolin auch was geschenkt. Eines Tages aber kam der Zauberer und sagte: „Hokus pokus, abra kadabra, jetzt wirst du verhext, denn hier ist der Zauberwald!“ Dann hat er einen Zauberstab genommen und den Fridolin an einen Baum gebunden und mit tausend Stricken festgemacht, daß er sich gar nicht mehr bewegen konnte. „Du Menschenjunge“, hat er gesagt, „jetzt wirst du langsam ein Baum. Du wirst immer mehr zusammenschrumpfen, nur wenn du dich losmachen kannst, bleibst du ein Mensch“.“

„Ist der Fridolin zusammengeschrumpft?“ fragte Fritz voller Spannung.

„Ssssssst – ist der Zauberer durch die Luft entwischt. Der Fridolin hat noch gehört, wie es „Rrrrrrrr“ ging, dann war er allein und sehr traurig. – Aber auf einmal hörte er rings um sich her: „Quik – quik – quik“, und tausend kleine Mäuse kamen, immer mehr und noch mehr, die krabbelten an den Stricken hoch –“

„Hu, muß der sich gefürchtet haben! Wenn eine Maus an mir herumkrabbelt, schreie ich fürchterlich“, rief Fritz.

„Nein, Fritzchen, der Fridolin hat gar nicht geschrien. Er wußte, daß ihm die Mäuschen zu Hilfe kamen. Dann ging es: „Knabber, knabber, krix, krax“, und bald waren alle Stricke kaputt, und der Fridolin war frei. Da ist er froh und glücklich nach Hause gegangen.“

„Ist der Zauberer nicht mehr gekommen?“

„Nein. – Darum darf man keiner Maus was tun. Wenn ich mal von dem Zauberer an einen Baum gebunden werde, kommen auch tausend Mäuschen und knabbern.“

„Was du immer für verrückte Geschichten weißt, Pucki.“

„Das sind keine verrückten Geschichten, du dummer Paul, das ist so.“

Vom Hof herüber scholl lautes Rufen. Man suchte die Kinder, die sich zunächst noch still verhielten. Erst als Herr Niepel selber erschien und energisch nach den Kindern rief, steckte Pucki den Kopf aus der Tür des Heubodens heraus. Sie war über und über mit Heuhalmen behangen. Niepel brach in Lachen aus, als er das kleine Mädchen sah.

„Nun aber rasch herunter, sonst gibt es keinen Schokoladepudding."

Das half! Schon eine Minute später waren alle vier zur Stelle. –

Als man abends die beiden Kinder nach dem Forsthaus Birkenhain fuhr, hütete Pucki einen kleinen Sack. Er enthielt die kostbare Füllung für das Rückenkissen.

Frau Sandler stand in der Tür, als der Wagen vor dem Forsthause anhielt. Pucki machte ein ängstliches Gesicht. Sie wollte unter keinen Umständen ihr Geheimnis preisgeben. So tuschelte sie schließlich mit dem Kutscher.

„Hast du den weißen Stein gesehen, an dem wir eben vorbeigefahren sind?"

„Natürlich habe ich den gesehen."

„Nimm den kleinen Sack wieder mit und stelle ihn an den weißen Stein. Nachher hole ich ihn mir, denn die Mutti darf ihn nicht sehen. – Willst du das machen?"

„Ich werde den Sack lieber in den Garten legen."

„Nein, nein, dort sieht man ihn. Bitte, lege ihn an den weißen Stein, er ist gleich dort hinten."

Der gutmütige Kutscher erfüllte dem Kinde den Wunsch, hielt an dem bezeichneten Stein an und stellte das Säckchen mit dem Heu daneben. Dann fuhr er zurück nach dem Gut.

Puckis Absicht, den Sack noch am Abend ganz heimlich zu holen, mißlang. Es hatte sich inzwischen etwas ganz Neues und furchtbar Wichtiges im Forsthause ereignet. Der Vater fand auf seinem Rundgang ein Rehkitz, ein ganz junges Tierchen, das vergeblich nach der Mutter verlangte. Ob das Muttertier durch einen Wilderer abgeschossen oder verunglückt war, konnte nicht festgestellt werden. Es war unmöglich, das

Kitz im Walde zu lassen. So hatte es Sandler heimgebracht, um es im Forsthaus mit der Flasche aufzuziehen.

Als nun Pucki und Waltraut vom Niepelschen Gute zurückkehrten, schauten sie entzückt auf das kleine, unbeholfene Tierchen. Während sich Waltraut darüber freute, daß das Rehlein von nun an im Hause bleiben würde, empfand Pucki innigstes Mitleid mit dem Tier.

„Nun rufst du immerfort nach der Mutti, und sie kommt nicht! – Ach, es ist schrecklich, wenn keine Mutti da ist, die dich streichelt und dir was zum Essen gibt."

Pucki war nicht zu bewegen, von dem Rehkitz fortzugehen. Vergessen war der Sack mit dem Heu, der am weißen Meilenstein stand, vergessen das Abendbrot. Pucki saß bei dem kleinen Tier und strich ihm behutsam über das braune Fell.

„Was hast du für ein liebes, weiches Schnäuzchen und ein so schönes Fell."

Förster Sandler kam, um nach dem Tier zu sehen.

„Vati, es sieht aus wie der Teppich in der Stube. So ein weiches Fell hat es, und genau so braune Augen wie die Blumen auf dem Teppich. Weißt du, ich meine den schönen Plüschteppich. Jetzt nennen wir das Rehkitz „Plüschli", weil es sich wie der Plüschteppich anfaßt. – Nicht wahr, Plüschli, der Name gefällt dir gut?"

Voller Interesse schaute das Kind zu, wie der Vater dem Tier eine Flasche mit einem Sauger ins Maul steckte. Gierig sog das Tier die Milch ein.

Pucki klatschte hocherfreut in die Hände. „Oh, wie wird die Agnes schreien, daß du ihr die Flasche weggenommen hast! Morgen gebe ich dem Plüschli die Flasche. Darf ich das, Vati?"

„Es ist wohl besser, Pucki, wenn das der Vater zunächst selber besorgt."

„Bitte, bitte, laß mich morgen dem Plüschli die Flasche geben."

„Meinetwegen.“ Sandler nahm sich aber vor, dabei zu sein, damit Pucki alles ordentlich besorgte.

Am anderen Morgen, in aller Frühe, war Pucki wieder bei dem Rehkitz. Dann stürmte sie zurück in die Küche.

„Minna, gib mir mal schnell die Flasche!“

Minna war eben dabei, die Milchflasche für die kleine Agnes zurechtzumachen, die durch lautes Schreien ankündete, daß sie erwacht war. Sie glaubte daher, Frau Sandler habe Pucki geschickt, um die Flasche mit der erwärmten Milch zu holen. So händigte sie dem Kinde die für Agnes bestimmte Milch aus.

Pucki lief sogleich zum Rehkitz. „So, Plüschli, jetzt bringt dir die Pucki die Milch. Nachher kann die Agnes was bekommen. Erst trink dich mal recht satt!“

Das kleine Tier machte einen langen Hals. Jauchzend schob ihm Pucki den Sauger ins Mäulchen.

„Ach, wie gut es ihm schmeckt! – Vati, Vati!“

Der Förster kam hinzu. „Pucki, was hast du denn da?“

„Plüschli wollte seine Milch haben!“

Herr Sandler nahm dem Rehkitz die Flasche fort, betrachtete sie einige Augenblicke und fragte streng: „Woher hast du diese Flasche, Pucki?“

„Die hat mir Minna gegeben. Du hast doch gesagt, ich kann Plüschli heute füttern. Es hat sich so gefreut.“

Schon kam auch Minna herbei, die durch Frau Sandler bereits von der Verwechslung erfahren hatte. Der Förster hatte Mühe, das Lachen zu unterdrücken, aber Pucki erhielt doch einen Verweis.

„Das ist doch die Milchflasche von deinem Schwesterchen“, zürnte Minna.

Pucki betrachtete die Flasche, die noch halb voll war. „Ach“, sagte sie, „die Agnes hat noch genug.“

Das Mißverständnis hatte keine üblen Folgen, nur mußte für Agnes nun ein neuer Sauger besorgt werden. Pucki begriff nicht recht, warum das nötig war. Sie hätte sich keinen Augenblick besonnen, mit Plüschli aus einer Flasche zu trinken.

Noch immer hockte sie neben dem kleinen Tier, als plötzlich die Mutter neben ihr stand.

„Pucki, vergißt du heute die Schule? Es ist höchste Zeit."

Nun galt es, alles zusammenzupacken. Dabei fiel Pucki gar schwer auf die Seele, daß am weißen Meilenstein seit gestern abend der Sack mit dem Heu stand. Und der vierundzwanzigste Mai kam in bedrohliche Nähe. Gleich nach Schluß der Schule wollte Pucki den Sack mit dem Heu holen, um das Kissen zu stopfen.

In den ersten Schulstunden war Pucki sehr unaufmerksam, so daß ihr die Lehrerin, Fräulein Caspari, mehrfach mit dem Finger drohte. Und als ganz plötzlich ein starker Platzregen einsetzte, der kräftig gegen die Fensterscheiben trommelte, sprang Hedi Sandler mit beiden Füßen auf die Bank und schrie aus Leibeskräften:

„Der Sack wird naß!"

Fräulein Caspari, die gerade an der Tafel stand, fuhr erschrocken herum.

„Der Sack – – der Sack!" Pucki fuchtelte mit beiden Armen durch die Luft. „Jetzt ist er ganz naß. Ich habe vergessen, ihn zu holen, weil wir Plüschli im Hause hatten. – Ach, was mache ich nun? – Fräulein Caspari, trocknet der Sack schnell wieder?"

„Was ist denn mit dir los, Hedi?"

„Der Sack mit dem Heu – –"

„Erzähle einmal ganz ruhig, was mit dem Sack geschehen ist."

Pucki war ans Fenster geeilt und blickte mit ängstlichen Augen zum grauen Himmel empor, der immer größere Regentropfen herunterschüttete.

„Kann ich nicht schnell mal nach Hause laufen?"

„Aber Hedi – du hast bis zum Forsthaus einen weiten Weg. Bei solch einem Regen geht kein Mensch auf die Straße hinaus."

„Die Waldfrau ist schuld daran, die Waldfrau und Mucki und Pucki. Ich hab's schon lange gedacht, daß sie mich ärgern werden."

Schließlich erfuhr die ganze Klasse von Puckis Sorgen.

„Stecke doch Sägespäne ins Kissen."

„Oder Holzwolle", sagte ein anderes Mädchen.

„Ich bringe dir morgen Hobelspäne mit", erbot sich der Sohn eines Tischlermeisters.

„Dein Heu wird wieder trocken", tröstete die Lehrerin. „Du brauchst gar nicht viel für ein Kissen. Breite es gut in der Sonne aus und gib schön acht, daß es nicht wieder naß wird."

Aber Pucki war doch dafür, den Rat eines Schulfreundes zu befolgen. Der meinte nämlich, Hedi solle ruhig das nasse Heu ins Kissen stopfen und dann das Kissen auf dem Küchenherd trocknen.

„Wenn der Herd schön warm ist, trocknet das Heu schnell."

Beim Schulschluß hatte der Regen nachgelassen. Pucki eilte am Forsthaus vorüber, hin zum Meilenstein und atmete erleichtert auf, als der Sack noch dort stand. Er war freilich völlig durchnäßt, und als Pucki ihn mit beiden Armen aufhob, tropfte das Wasser unten aus dem Sack heraus. Es war wohl besser, sie brachte nachmittags das Kissen her, stopfte es mit Heu voll, nähte es dann heimlich zu und legte es abends auf den warmen Küchenherd. Dann würde das Kissen über Nacht trocknen, und sie konnte endlich das fertiggestellte Geburtstagsgeschenk im Schrank verwahren.

Am späten Nachmittag schlich Pucki aus der Försterei hin zum Meilenstein. Dort wurde möglichst viel Heu in den Brokatbezug gestopft, der sich nun bald feucht anfühlte. Pucki nahm das Kissen mit heim, setzte sich damit in den Ziegenstall, weil sie hier ungestört war, und nähte mit der großen Stopfnadel und dem dicken, schwarzen Zwirn die vierte Seite wieder zu. – Nun endlich war die Arbeit getan! Das Kissen glich zwar mehr einer dicken Rolle, doch Pucki meinte, je voller es gestopft sei, um so mehr würde es dem Vati gefallen.

Voller Stolz betrachtete sie ihr Werk. Daß das Kissen naß war, störte sie gar nicht. Es würde ja auf dem Herd bis morgen trocknen.

Minna wunderte sich, warum Pucki sie fragte, ob abends nochmals Feuer im Herd gemacht würde.

„Natürlich, ich muß die Milch für das Schwesterchen doch warm machen."

„Und für Plüschli auch?"

„Freilich."

„Minna, gehst du nachher 'raus aus der Küche?"

„Jawohl, ich muß noch nach Rahnsburg gehen und einkaufen."

„Au, das ist fein!"

„Willst du mitkommen, Pucki?"

Die Kleine lachte verschmitzt. „Nein, heute will ich nicht mitkommen, ich mache was anderes."

Nun paßte Pucki genau auf. Kaum hatte Minna das Forsthaus verlassen, da eilte Pucki aus dem Kinderzimmer und legte das feuchte Kissen auf den warmen Herd. Damit aber weder Vater noch Mutter in die Küche kamen, schloß das Kind die Tür, die vom Hausflur hineinführte, einfach ab und versteckte den Schlüssel im Ziegenstall.

Der Küchenherd war zwar nicht mehr sehr heiß, trotzdem aber bräunte sich der golddurchwirkte, hellblaue Brokatstoff mehr und mehr. Das feuchte Heu begann zu riechen, und dadurch wurde Frau Sandler aufmerksam. Sie wollte in die Küche gehen – die war verschlossen. Ihr erster Gedanke galt Minna, die beim Fortgehen den Schlüssel gewiß mitgenommen hatte. Warum nur? Das tat sie doch sonst nicht.

Der brenzlige Geruch wurde immer stärker. Frau Sandler wollte vom Garten aus das Küchenfenster eindrücken, da sie vom Herd einen dünnen, weißen Rauch aufsteigen sah. – Was lag nur auf dem Herd für eine bunte Trommel? In diesem Augenblick kam Pucki aus dem Garten und eilte ahnungslos auf die Mutti zu.

„Schau, Pucki, in der Küche scheint etwas zu brennen, und Minna hat die Tür abgeschlossen."

Entgeistert blickte das Kind durchs Fenster, stieß dann einen Schrei aus, stürmte davon, holte aus dem Ziegenstall den Küchenschlüssel, betrat die Küche und griff nach dem schwelenden Kissen. Aus der Unterseite hing das nasse Heu heraus, und der schöne Brokatstoff war verkohlt. Das alles ging so schnell, daß Pucki schon längst mit dem verbrannten Kissen verschwunden war, als Frau Sandler aus der Stube zurückkam, wo sie einen zweiten Küchenschlüssel suchen wollte.

Pucki hatte das Kissen unter den Arm genommen, und während ihr die dicken Tränen über die Wangen rannen, ging sie hinaus in den Garten, wo sie mit Harras umhergetollt war. Der Hund, der das Schluchzen seiner kleinen Freundin vernahm, kam sogleich herbeigelaufen und legte seine Pfoten auf die Schultern des Kindes.

„So lange habe ich genäht", stieß Pucki unter heftigem Weinen hervor, „erst habe ich das olle Stroh 'reingeschoben, dann habe ich mich mit dem Heu gequält, und nun ist alles kaputt. – Nun kriegt der arme Vati für seinen krummen Rücken wieder kein Kissen, und ich hätte mich doch so gefreut, weil er sich freut. – Ach, Harras, was machen wir nun?"

Der Hund schien den Schmerz des Kindes zu verstehen. Er hob mehrmals eine Vorderpfote, legte sie auf Puckis Arm und ließ ein leises Jaulen hören.

„Nun weinst du auch", sagte Pucki und fühlte sich durch das Jaulen des guten Harras ein wenig getröstet. Doch einen Rat, wie das Kissen wieder in Ordnung zu bringen war, wußte natürlich auch Harras nicht. – Wem sollte sie sich anvertrauen? Vielleicht der Thusnelda? Ja, die würde Rat wissen. Die gute Mutti sollte nichts davon wissen, der Vati erst recht nicht, und zu Minna hatte Pucki nicht das rechte Vertrauen. So blieben nur noch die Schulfreundinnen. Und nun zeigte es sich wieder, daß jede von ihnen dem kleinen Försterkinde freudig helfen wollte, denn alle hatten die kleine Hedi sehr lieb.

„Meine Puppe hat eine blaue Wagendecke, die bringe ich mit. Dann nähst du sie auf das Loch."

„Das geht nicht, was drauf nähen", beharrte Pucki.

„So nimm Stecknadeln", sagte die kleine Marie Rensing.

Das leuchtete Pucki schon eher ein.

Am anderen Tage wurden allerhand größere Flecken von den Klassenkameradinnen mitgebracht. Pucki wählte ein Stück hellblauen Strickstoff aus, der ihr am besten zu passen schien.

„Stecknadeln kannst du nicht nehmen", meinte Thusnelda, „sie pieken deinen Vater."

Am anderen Tage erhielt Pucki zahlreiche Sicherheitsnadeln, mit denen sie in aller Heimlichkeit den blauen Flicken auf das Kissen steckte. So schön wie früher sah es freilich nicht mehr aus, doch war es prall und rund, und Vati würde sich darüber freuen. Daß das Heu noch immer ein wenig feucht war, störte Pucki nicht.

Einen Tag vor dem 24. Mai, dem Geburtstag des Vaters, war Hedi in der Apotheke von Rahnsburg und wurde von dem Apotheker mit ins Wohnzimmer genommen. Dort sah sie auch ein Kissen, das mit zwei Bändern am Stuhl befestigt war, damit es nicht herunter fiel. Zu Hause steckte Pucki zwei ihrer roten Haarschleifen mit Nadeln an je einer Ecke des Kissens fest. Nun war das Kissen wirklich schön und fertig!

An diesem Tage kam auch Lehrer Strenke, der Freund des Försters Sandler, zu Besuch. Er hatte sich zwei Tage freigemacht, um seinen alten Schulgefährten wiederzusehen. Pucki, die sonst nicht scheu war, ging dem großen, breitschultrigen Manne aus dem Wege. Sie hatte ein schlechtes Gewissen. Das Lesen ging wohl recht gut, aber im Rechnen haperte es. Sie fürchtete, daß Lehrer Strenke sie auf die Probe stellen würde.

Nun war endlich Vatis Geburtstag. Auf dem Tisch stand ein Kuchen mit Lichtern, und viele schöne Dinge lagen rings herum. Puckis Herz schlug vor Freude. Auf dem Gabentisch lag auch ihr Lesezeichen, das der Vati voller Freude betrachtete. Doch hatte sie ihm das Rückenkissen noch nicht gebracht. Jetzt aber, da es zum Frühstücken ging, wollte sie es bringen, damit der Vati es sogleich benutzen konnte.

Frau Sandler rief zum Kaffee. Da stürmte Hedi davon, kam mit hochroten Wangen wieder und trug in beiden Armen das riesige, vollgestopfte Kissen.

„Vati", sagte sie strahlend, „jetzt wirste weich im Rücken sitzen. Das habe ich alles ganz allein gemacht! – Guck, hier mußt du es anbinden, und dann mußt du dich dransetzen. – Ist es nicht herrlich?"

„Wirklich ganz herrlich", sagte der Förster. „Was soll das vorstellen, Pucki?"

„Nun, ein Rückenkissen für dich!"

„Wirklich fein!" Der Förster wollte es auf den Stuhl legen, doch wagte er nicht, sich darauf zu setzen. Das Kissen mußte ja zerplatzen.

„Aber Vati, das ist doch nicht zum Draufsitzen, es ist für den Rücken. – Sieh mal – so! Und nun setz dich mal hin."

Herr Sandler setzte sich wieder, doch das Kissen, das Pucki an die Rückenlehne hielt und anzubinden versuchte, stand wegen seiner Fülle so weit vor, daß der Förster, als er sich auf dem Stuhl niederließ, den Oberkörper weit nach vornüber biegen mußte. Wie ein Häufchen Unglück saß er da.

Pucki verschränkte die Arme und betrachtete den Vati.

„Ist's fein?" fragte sie zaghaft.

„Ganz herrlich!" klang es zurück.

Obwohl Sandler sehr unbequem saß, ließ er das Kissen ruhig an seinem Platz. Er konnte es nicht übers Herz bringen, seiner Pucki die Enttäuschung zu bereiten, daß ihr Rückenkissen in dieser Form einfach unbrauchbar sei.

Freude für alle

Jubelnd wurde der Sohn des Oberförsters Gregor, der Student Claus Gregor, von Pucki in der Försterei begrüßt. Stolz wies sie auf das goldene Herzchen, das sie am Halse trug.

„Es ist noch nicht ganz schwarz geworden, großer Claus, ich habe es immer am Halse baumeln, und immer denke ich an dich. Du bist mein allerbester Freund!"

„Ich freue mich, meine kleine Pucki wiederzusehen", entgegnete der Student. Jedesmal, wenn er zu den Ferien heimkam, ging er ins Forsthaus, um das kleine Mädchen aufzusuchen, das er schon lange kannte.

„Weißt du auch, großer Claus, daß Freundschaft etwas sehr Schönes ist? Eine Freundschaft muß dauern, bis man alt ist, und du bleibst mein Freund, bis ich hundert Jahre geworden bin."

„Aber freilich, Pucki."

„Und weil du mein bester Freund bist, Claus, mußt du mir auch in mein Poesiealbum einen schönen Vers schreiben. In mein Tagebuch schreibe ich dann, daß du mein Freund bist und bleibst. – Willst du mir einen Vers schreiben?"

„Gerne, Pucki, du kannst mir dein Album bringen, ich nehme es mit heim, und wenn du in den nächsten Tagen zu uns kommst, wird der Vers im Buche stehen. Soll mein Bruder Eberhard auch etwas einschreiben?"

„Meinetwegen", sagte Pucki gleichgültig, „er ist zwar nicht mein Freund, aber in Muttis Album stehen auch so viele Kinder, die nicht mehr ihre Freunde sind."

„So lauf und hole das Album", sagte er lachend.

„Ich habe doch noch keins! Erst wenn ich Geburtstag habe, großer Claus, wünsche ich mir eins von dir. Und weil ich noch lange nicht Geburtstag habe, wünsche ich es mir schon jetzt, weil es mir doch so viel Freude macht, und weil du einen Vers hineinschreiben sollst."

Claus Gregor lachte belustigt. „Ich soll dir ein Poesiealbum schenken?"

Pucki nickte. „Ach ja! Die Freundin von Mutti hat ihr mächtig viel Geld geschenkt, damit sie was lernen kann. Und wenn jemand einen Freund hat, oder wenn du eine Freundin hast, mußt du auch was geben."

„Eigentlich wollte ich dir zum Wiedersehen etwas anderes schenken, Pucki, da du aber durchaus ein Poesiealbum haben möchtest, sollst du es übermorgen, wenn du zu uns kommst, von mir bekommen."

„Wenn du mir noch was schenken willst, großer Claus, nehme ich auch das mit, wenn ich übermorgen zu dir komme."

„Ach nein, Pucki, immer hübsch eins nach dem anderen! Was ich dir zugedacht hatte, bekommst du nun erst im Sommer."

Pucki fragte mehrmals, was er ihr denn hätte schenken wollen, aber Claus schwieg beharrlich.

„Ach, ich weiß", sagte sie schließlich, „du schenkst mir ein Schaukelpferd oder ein Tagebuch oder eine Puppe, die sprechen kann, wenn man sie auf den Bauch drückt oder – – einen kleinen Wagen, auf den ich Holz laden kann – – oder eine große Trompete, wie sie der Paul Niepel hat. Ach, großer Claus, schenke mir doch noch eine Trommel dazu, die macht so schön Radau, und dann noch ein Kätzchen mit einem weißen Fell. Wenn du willst, kannst du mir auch noch einen kleinen Möbelwagen schenken, wie er beim Kaufmann Puche in Rahnsburg steht."

„Bescheiden bist du gerade nicht, Pucki. Ein kleines Mädchen darf sich nicht so viel auf einmal wünschen."

Das Kind hielt sich mit beiden Händen den Mund zu. „Jetzt rutscht auch kein Wunsch mehr 'raus, großer Claus, und wenn mir später noch was einfällt, sage ich es dir ganz leise." –

Voller Ungeduld erwartete das Försterkind den Mittwoch, an dem es mit der Mutter und Waltraut nach der Oberförsterei gehen sollte. Pucki wollte das kleine Reh, Harras und den geliebten Kater Peter mitnehmen, aber der Vater erlaubte es nicht.

„Du hast in der Oberförsterei den Greif, mit dem du spielen kannst."

„Und den großen Claus. Der ist mir noch viel lieber als das Kätzchen, Mutti. Der Claus schenkt mir ein Poesiealbum, dann schreibt er gleich einen Vers von der Freundschaft hinein."

„Pucki, du darfst nicht so aufdringlich sein. Du bist ein achtjähriges Mädchen, und der Claus ist schon ein junger Herr, der anderes im Kopf hat, als mit so kleinen Mädchen zu spielen. Du darfst auch nicht immer Wünsche äußern. Eines Tages wird Claus ärgerlich sein, dann kommt er nicht mehr ins Forsthaus."

Pucki kniff die Augen zusammen und lachte hellauf. „Hast du 'ne Ahnung, Mutti! Der Claus ist doch mein bester Freund, er freut sich fürchterlich, wenn er nach der Försterei kommt. Wirklich, Mutti, ich weiß das!" –

Kaum hatten die Gäste die Oberförsterei betreten, als Pucki auf Claus Gregor zustürmte und lebhaft rief:

„Du kommst doch gerne zu mir, nicht? Mutti meint, du wirst böse, wenn so ein kleines Mädchen wie ich mit dir spielen will?"

Claus Gregor hob das Kind empor, schwenkte es durch die Luft und sagte lachend: „Nein, kleine, liebe Pucki, der große Claus wird nie böse, er hat dich herzlich lieb."

Hedi drehte sich zur Mutter um: „Hast du es nun gehört?"

Sehr bald fragte sie nach dem Poesiealbum. Mit hellem Entzücken betrachtete sie das kleine blaue Buch, das ihr Claus reichte. Auf dem Deckel stand, genau wie bei dem Buch der Mutti, das Wort „Poesie-Album".

Pucki drückte das Buch ans Herz und sprang damit wie unsinnig vor Freude im Zimmer umher. Dabei rief sie laut: „Nun habe ich auch ein Buch von der Freundschaft!“

„Waltraut will auch so ein Buch haben“, klang es.

„Pah“, sagte Pucki ein wenig verächtlich, „du Dummsack bist noch viel zu klein, um zu wissen, was Freundschaft ist.“

Dann schlug sie das Buch auf und las:

„Willst du glücklich sein im Leben,
Trage bei zu anderer Glück,
Denn die Freude, die wir geben,
Kehrt ins eigene Herz zurück.

Seiner kleinen Freundin in herzlicher Liebe
der große Claus.“

Pucki las den Vers andächtig zweimal durch. „Das ist gewiß sehr was Schönes, großer Claus, was du mir da 'reingeschrieben hast. Das ist so was Ähnliches, wie ich mal auf einem Wandbrett gelesen habe: Beglücke du, dann wirst du glücklich sein!“

„Ja, Pucki, das ist ganz dasselbe. Da ich weiß, wie gerne du immer bereit bist, anderen etwas Liebes zu erweisen, habe ich für dich diesen Vers ausgesucht. Den sollst du während deines späteren Lebens beherzigen und immer daran denken, daß man nur dann recht glücklich sein kann, wenn man andere Menschen glücklich macht. Wenn wir sehen, daß wir andere froh machen, ist unser Herz – –“

„Ich weiß, ich weiß“, schrie Pucki begeistert, „als die vielen Kinder bei uns Waffeln gegessen haben, war ich auch froh. Und als die Rose Scheele bei uns war und – und – als ich der Schmanzgroßmutter endlich eine Geschichte vorlesen konnte – –“ Pucki neigte sich wieder über das Poesiealbum und las noch einmal:

„Denn die Freude, die wir geben,
Kehrt ins eigene Herz zurück.

Ja, großer Claus, jetzt weiß ich, wie das ist. Und ich werde auch überall Freude geben, weil du es hier hineingeschrieben hast."

„Nicht deswegen, Pucki, das muß man ganz aus sich selbst heraus tun."

Pucki nickte: „Ja, großer Claus." Dann fragte sie: „Hat der Eberhard auch etwas eingeschrieben?"

Sie schlug die Seite um und las:

„Unsere Freundschaft, die soll brennen
Wie ein dickes Dreierlicht,
Freunde wollen wir uns nennen,
Bis der Greif französisch spricht!

Dies schrieb Dir zur Erinnerung Dein Dich herzlich
liebender Eberhard Gregor."

Pucki lachte hellauf. „Hahaha, der Greif soll französisch sprechen? Er ist zwar ein hübscher Hund, aber – – so ein Quatsch! Greif, komm mal rasch her!"

Schweifwedelnd umsprang der Jagdhund das kleine Mädchen. Pucki nahm ihn bei den Ohren: „Kannst du Französisch?"

„Wau, wau, wau", bellte der Hund.

„Wau, wau, wau, hat er gesagt, das ist doch kein Französisch. Aber nun kommt, ich möchte gern zu eurem schönen Auto gehen."

Der Rundgang durch den großen Hof und die vielen Ställe begann. Jedem Tier erwies Pucki eine Liebkosung. Ganz plötzlich blieb sie stehen. In einer Ecke des Hofes saß ein alter Mann auf einem Klotz und spaltete Holz. Er schien weder Claus noch das kleine Mädchen zu beachten.

Hedi schaute ihm längere Zeit aufmerksam zu, denn es sah gar zu lustig aus, wenn das Holz in kleinen Stücken nach rechts und links flog. Daheim kamen auch mitunter zwei Männer, die die großen Holzstücke zersägten und zerschlugen, doch bei dem alten Manne ging es viel schneller.

„Weidmannsheil, lieber Mann!“ rief Pucki.

Der Alte hackte wortlos weiter. Pucki trat noch einige Schritte näher heran.

„Weidmannsheil!“ klang es noch einmal erheblich lauter.

Der Alte hob nicht einmal den Kopf, er ließ sich in der Arbeit gar nicht stören. Da stellte sich Pucki dicht vor ihn hin und sagte mit ganz lauter Stimme:

„Weidmannsheil, alter Mann!“

Nun erst hielt der Mann im Arbeiten inne. Er nickte dem kleinen Mädchen freundlich zu, antwortete aber immer noch nicht.

„Weidmannsheil!“ rief da Pucki zum vierten Male.

Der Mann begann schon wieder mit dem Holzhacken. Da lief Pucki zu Claus zurück, der etwas abseits stehen geblieben war, und sagte unwillig: „Den alten Mann kann ich gar nicht leiden, der sagt ja nichts!“

„Das ist ein sehr lieber alter Mann, Pucki, er kommt schon seit vielen Jahren in die Oberförsterei und zerkleinert das Holz. Es ist der gute Vater Haegler. Leider kann er nicht hören.“

„Warum hört er denn nicht?“

„Weil er taub ist, kleines Mädchen. Das ist sehr traurig, und darum hat er deinen Gruß auch nicht beantwortet.“

Die blauen Kinderaugen richteten sich voller Entsetzen auf den Arbeitenden. „Taub ist er? – Großer Claus, kann er gar nichts hören? Auch nicht, wenn das Holz kracht?“

„Das hört er vielleicht noch ein klein wenig. Man muß aber sehr laut sprechen, wenn er etwas verstehen soll.“

„Wenn er taub ist, kann er doch auch die Vöglein nicht singen hören?“

„Nein, Pucki, das kann er leider nicht.“

„Und wenn die Leute zusammen reden – hört er das auch nicht?“

„Nein, auch nicht.“

„Aber wenn mal Musikanten kommen und Musik machen?“

„Das wird er auch nicht hören können.“

„Schrecklich“, klang es nach einiger Zeit, „dann hat er doch gar keine Freude. Ich freue mich immer, wenn die Vöglein singen und wenn eine Musik kommt.“

„Darum muß man immer sehr gut zu dem tauben Manne sein, liebe Pucki.“

Pucki suchte in der Tasche ihres Kleidchens. Schließlich zog sie ein Stückchen Zucker hervor. „Es ist zu dreckig, das schmeckt ihm nicht mehr. – Aber nachher, wenn wir bei euch guten Kuchen bekommen, schenke ich ihm ein Stück. Du mußt mir oft Kuchen hinhalten, Claus, und dann immer sagen: Nimm doch! Dann bekommt der taube Mann etwas von mir, und dann freut er sich.“

Als die beiden weitergingen, wandte sich Pucki noch mehrmals nach dem tauben Manne um. Es schien ihr furchtbar, daß der taube Holzhacker nichts von dem schönen Gezwitscher der Vöglein hören konnte. Sie überlegte, ob denn gar keine Möglichkeit bestünde, ihm auch einmal eine Freude zu machen. – Ja, wenn sie die schöne Trillerpfeife hätte, mit der der Vati den Harras herbeirief, die würde er hören können, und dann würde sich der alte Mann gewiß sehr freuen.

Ganz plötzlich jauchzte sie auf. Ein glücklicher Gedanke schoß durch ihren kleinen Kopf.

„Hackt der Mann morgen wieder?“ fragte sie.

„Ja, Pucki, morgen und noch viele Tage.“

„Au, das ist fein! Na, der wird sich aber freuen!“

„Worüber denn, Pucki?“

„Ach, das sage ich dir später. Du wirst dich dann auch freuen. – Weißt du, großer Claus, wir sollen doch anderen Leuten Freude machen – ach, wird der aber lachen!“

„Was hast du denn vor?“

Aber das Kind verriet nichts, nur das Gesicht strahlte wie Sonnenschein.

Schon auf dem Heimwege bettelte Hedi um die Erlaubnis, morgen nachmittag zu Niepels gehen zu dürfen.

„Mutti, du mußt es erlauben! Wir wollen jemandem eine Freude machen.“

„Wird's auch keine Dummheit?“

„Aber Mutti“, sagte das kleine Mädchen entrüstet.

„Willst du mir nicht sagen, was du vorhast?“

„Ach, Muttilein“, schmeichelte das Kind, „es macht noch viel mehr Spaß, wenn wir es dir erst hinterher sagen.“

Als Pucki am anderen Tage aus der Schule heimkehrte, eilte sie zu Minna in die Küche und schaute mit prüfenden Blicken auf den Küchenrahmen, an dem die verschiedensten Küchengeräte hingen.

„Minna, gib mir doch mal den Trichter und die große Holzkeule 'runter.“

„Was willst du damit machen, Pucki?“

„Freude machen“, klang es wichtig.

Nur zögernd reichte Minna dem Kinde die gewünschten Gegenstände, und als nach einer Stunde der Niepelsche Wagen ankam, um Pucki nach dem Gute zu holen, schleppte sie Holzkeule und Trichter mit sich.

„Fein wird's, Mutti!“

Mit den Drillingen, denen Puckis Kommen mitgeteilt worden war, fand eine heimliche Beratung statt.

„Weil er doch gar nichts hört, weil er nur hört, wenn man ganz laut was sagt, müssen wir ganz laute Musik machen. Du kommst mit deiner Trommel, Fritz, du nimmst deine Trompete, Paul, und der Walter die schöne Knarre. Ich habe die Tute, und dann holen wir noch 'ne Blechkanne von Onkel aus der Küche, auf die hau' ich mit der Keule. Das ist dann die Pauke, wie wir sie damals auf dem Rummelplatz gesehen haben."

„Ich hab' noch 'ne Pfeife", schrie Paul.

„Und ich hab' noch eine andere Trommel!"

„Und ich nehme zwei Blechdeckel, die knall' ich zusammen!"

„Au fein, so wird es gehen! Dann schleichen wir ganz leise an den tauben Mann heran, und – bums, da geht es los! – Na, der wird sich freuen, mal 'ne Musik zu hören!"

Die Niepelschen Knaben waren von diesem Plan begeistert. Als gar zu viel aus der Küche getragen wurde, erschien Frau Niepel und fragte, was die Vorbereitungen zu bedeuten hätten.

„Wir sind eine Kapelle, Tante", rief Pucki begeistert, „eine große Musikkapelle mit viel Radau. Jetzt fahren wir mit dem weißen Pferdchen zur Oberförsterei, und dann geht's mächtig los!"

Nachdem Frau Niepel erfahren hatte, daß es sich um einen harmlosen Spaß handelte, beschloß sie, den Kindern die Freude zu lassen, vorher aber Frau Gregor zu verständigen, daß die kleine Horde in einer Viertelstunde ankommen würde, um dem alten Holzhacker auf ihre Weise eine Freude zu bereiten.

Frau Gregor war ebenfalls einverstanden und meinte, sie wolle ein wachsames Auge auf die Kinder haben.

Vom Fenster aus sah sie, wie die Kinder ankamen und ihre Instrumente vom Wagen nahmen. Paul hatte im letzten Augenblick noch eine große Milchkanne ergriffen und auf den Wagen gesetzt, damit der Taube die Pauke recht gut hören sollte. Walter zog verschmitzt lachend unter dem Sitz eine große Klingel hervor.

„Die habe ich in dem Hausflur abgerissen. – Na, die macht Krach!“

Dann lugten die Kinder vorsichtig in den Hof. Richtig, dort saß wieder der alte Vater Haegler und hackte Holz. Ein großer Haufen war neben ihm aufgetürmt. Im Bogen schlichen sich die Kinder heran. Kanne, Töpfe, Trommel, die Klingel, der Trichter, und was sie sonst noch mitgebracht hatten, alles wurde verteilt. Es waren weit mehr Instrumente vorhanden, als versorgt werden konnten. So erfolgte erst eine längere Beratung, wie sie es machen wollten, um möglichst viel Krach zu schlagen.

„Ich bin der Kapellmeister“, schrie Paul, „ich gebe mit der Klingel das Zeichen, wenn es losgeht!“

„Die Klingel hab' ich mitgebracht, ich klingle“, brüllte Walter.

„Macht doch keinen Krach“, rief Pucki, „macht lieber Musik, damit sich der alte Mann freut!“ Dann griff sie nach Pauls Trompete, in die andere Hand nahm sie die Knarre und rannte damit nach vorn, so daß sie unmittelbar hinter dem alten Haegler stand, und blies los. Walter klingelte wie rasend, Fritz hieb auf die Trommel, Paul bearbeitete die Milchkanne mit einem Fleischklopfer, kurzum, es entstand ein Höllenlärm. Dazu sang Pucki mit ihrer schrecklich krähenden Stimme: „Der Mai ist gekommen, die Bäume schlagen aus.“

Der alte Mann ließ die Axt sinken und blickte sich verdutzt um.

„Er hört es!“ schrie Pucki, vom angestrengten Blasen krebsrot im Gesicht. „Macht es dir Freude, alter Vater?“

Das erste, was in Stücke ging, war die Trommel. Fritz glaubte, mit den Schlegeln nicht genügend Lärm zu machen, und hatte ein Stück Holz ergriffen und damit die Trommel nach Leibeskräften bearbeitet. Der Boden der Milchkanne wies bereits zahlreiche Beulen auf, doch unentwegt hämmerte Paul darauf los.

Der alte Holzhacker lachte über das ganze Gesicht. Da ließ Pucki die Trompete sinken und schaute ihn aufmerksam an.

„Er freut sich“, sagte sie glücklich, „und ich freue mich auch. Nun denkt er, er hört die Vöglein im Walde singen.“ Dann trat sie dicht an den alten

Mann heran und schrie ihm ins Ohr: „Hörst du die Vöglein singen? War es schön?“

„Ei, ei, wie schön! Du liebes, kleines Ding.“

„Er hört mich“, jauchzte Pucki, „nun bin ich wieder so froh, wie damals, als die vielen Kinder bei uns die Waffeln gegessen haben!“

In der Oberförsterei stand Gregor mit seiner Frau und den beiden Söhnen am offenen Fenster. Sie lachten herzlich.

„Wenn die Milchkanne heil heimkommt, laß ich mich fressen“, sagte der Oberförster. „Der Bengel drischt ja darauf herum, als wenn er Steine klopfen wollte.“

Bis ins Wohnzimmer hörte man Puckis kreischende Frage: „Willst du, daß wir noch einmal Musik machen?“

Und wieder brach der Höllenlärm los. „Immer doller“, schrie Pucki, „damit er recht gut hört!“

Plötzlich flog die Kugel des Fleischklopfers vom Stiel. Da griff auch Paul zu einem Stück Holz, um damit die Milchkanne weiter zu bearbeiten.

„Ich kann nicht mehr“, sagte Pucki schließlich und atmete tief. Die Trompete flog auf die Erde, und nun schlug auch sie mit den Fäusten auf die Milchkanne ein.

„Jetzt machen wir, wie wenn's regnet, und es geht immer: Tropf, tropf! Das soll er auch noch mal hören.“

Bum – bum – bum fielen die Schläge auf die Milchkanne, und wieder schrie Paul dem alten Haegler die Frage ins Ohr:

„Hörst du, wie's regnet?“

Der alte Haegler hatte die Arbeit unterbrochen und schaute auf die sich wie wild gebärdenden Kinder. Und weil es gar so drollig aussah, wie sich alle aus Leibeskräften anstrengten, lachte auch er.

„Jetzt hab' ich genug Glück“, sagte Pucki endlich und hielt im Schlagen inne. „Ach, das war fein!“

Walter kam mit der großen Klingel und schüttelte sie dicht am Ohr des tauben Mannes. Der fuhr entsetzt zurück.

„Er hört es“, jubelte Pucki erneut, hüpfte von einem Bein auf das andere, hielt dann aber erschrocken inne und schaute zu Boden. Die schöne Trompete, auf der sie eben geblasen hatte, war zerbrochen. „Aus ist's“, klang es traurig. „Kaputt! – Ach, daß die schönen Sachen immer gleich kaputt gehen müssen!“

Greif, der Jagdhund, hatte das Konzert mit wütendem Gebell unterstützt, und als jetzt Oberförster Gregor in den Hof trat, eilte Pucki auf den Hund zu, umarmte ihn stürmisch und schrie in heller Begeisterung: „Hast du auch unsere Musik gehört? – Nächstens kommen wir wieder!“

„Nun kommt mal ins Haus, ihr kleinen Musikanten, trinkt einen Schluck Limonade und eßt ein Stück Kuchen. Ihr habt eure Sache sehr schön gemacht, nur dürft ihr die Milchkanne nicht zerschlagen. Solch eine Kanne kostet viel Geld.“

„Ach was, mein Vater hat tausend“, meinte Paul.

„Tausend hat er nicht, du Aufschneider, außerdem darf man fremde Sachen nicht mutwillig zerschlagen.“

Als die Kinder dann den Kuchen erhielten, stieß Pucki den großen Claus an. „Halte mir mal noch ein Stück hin.“

Der große Claus legte dem Kinde drei große Kuchenstücke auf den Teller. Hedi sprang sogleich auf und lief hinaus. Im Hof legte sie dem alten Haegler zwei große Stücke auf den Holzklotz.

„Soll ich sie haben, du liebes Kind?“ fragte er freundlich.

„Ja“, schrie Pucki aus Leibeskräften. Dann lief sie zurück ins Haus.

Der Niepelsche Kutscher mahnte schließlich zur Heimfahrt. Die Kinder sagten auf Wiedersehen und kletterten auf den Wagen.

„Na“, meinte der alte, langjährige Kutscher, „wollt ihr denn nicht eure Instrumente mitnehmen? Sollen die hierbleiben?“

„Ach“, meinte Walter, „die Trompete ist kaputt, die Trommel auch, das kann hierbleiben.“

„Ihr liederliches Volk“, schalt Oberförster Gregor, „hier bleibt nichts liegen. Alles, was ihr hergebracht habt, nehmt ihr hübsch wieder mit!“

Nun ging es ans Suchen. Der Stiel der Holzkeule war nicht zu finden; wahrscheinlich war er unter das zerkleinerte Holz geraten. Ebenso fehlte der Trichter. Die Knarre fand man zertreten vor. Von der Trommel waren nur noch Stücke vorhanden.

Schließlich mußten Claus und Eberhard nach dem Trichter und dem Stiel suchen.

„Ladet alles ordentlich auf“, sagte der Oberförster. Er duldete es nicht, daß seine Söhne bei dieser Arbeit halfen.

Die drei Knaben mußten die zerbeulte Milchkanne allein auf den Wagen heben.

„Ich glaube“, sagte Fritz ein wenig kleinlaut, „der Vater wird bei uns auch den Trommler machen. Wir werden wohl was abkriegen.“

„Und Minna wird auch schelten“, meinte Pucki sorgenvoll. „Zu schlimm, daß immer auf eine große Freude großer Kummer folgt.“

Der Kummer folgte auch wirklich. Die Niepelschen Knaben erhielten eine Stunde Stubenarrest, und Pucki wurde von Minna gehörig ausgescholten. Aus der Sparbüchse wurden ihr fünfzig Pfennige genommen, und davon kaufte Minna einen neuen Stiel für den Fleischklopfer.

Ich glaube es nicht

Pucki stand im Schulhof neben ihrer Klassenkameradin Thusnelda Reichert und biß, wie immer, an den Fingernägeln.

„Du sollst nicht beißen“, mahnte Thusnelda, „dir tun die Finger doch schon weh. Eines Tages wirst du krank.“

„Ach nein", lachte Pucki, „von so 'nem bißchen Nagel werde ich nicht krank."

„Aber die Finger werden schlimm."

„Ach nein, die werden nicht schlimm, da müßten schon längst alle zehn Finger schlimm geworden sein, und sie werden nicht schlimm. Ich glaub' das nicht."

„Es wird schon noch kommen", beharrte Thusnelda.

Pucki biß unentwegt weiter. Ihr Gesicht nahm einen immer nachdenklicheren Ausdruck an. „Glaubst du, was sie uns gesagt hat?"

„Wer?"

„Fräulein Caspari."

„Von der schlimmen Tat?"

„Ja. – Ich glaube es nicht! Ich habe schon manche schlimme Tat gemacht, und es ist nicht gleich die Strafe gekommen. Die Niepeljungen machen auch viel Schlimmes; manchmal bekommen sie Prügel, manchmal werden sie eingesperrt, manchmal merkt es keiner. Es stimmt also nicht!"

„Es wird schon stimmen, Pucki."

„Ich glaube es eben nicht."

In der letzten Unterrichtsstunde war den Kindern von der Lehrerin gesagt worden, daß jede schlimme Tat bestraft würde. Wenn auch die Eltern mitunter das Unrecht nicht merkten, so käme die Strafe doch von anderer Seite.

Pucki überlegte auf dem Heimwege alle die törichten Streiche, die sie in letzter Zeit begangen hatte. Da war vieles, was bisher noch ungestraft geblieben war. Von nun an wollte sie genau aufpassen, ob Fräulein Caspari recht behielt.

Bei der Ankunft im Forsthause hob Pucki die Nase hoch. Es duftete ganz wunderbar.

„Waffeln!“ jauchzte sie. „Mutti bäckt Waffeln!“

Sofort war sie in der Küche und stellte fest, daß sie sich nicht getäuscht hatte. Auf einem Glasteller lag bereits eine ansehnliche Menge knuspriger Waffeln. Die Mutter stand am Herd und buk lustig drauflos.

„Schenkst du mir eine?“

„Nein, Pucki, es gibt in wenigen Minuten Mittagessen. Erst zum Nachmittagskaffee wirst du Waffeln bekommen. Lauf rasch einmal zu Agnes und sieh nach, ob alles in Ordnung ist.“

Pucki warf noch einen begehrlichen Blick auf den Teller mit den geliebten Waffeln, dann verließ sie die Küche. Im Kinderzimmer war Waldi und spielte mit der Puppe. Die kleine Agnes lag im Wagen.

„Hier ist doch alles in Ordnung“, sagte Pucki unwillig, „was soll ich hier?“

In demselben Augenblick begann Agnes zu weinen. „Sei still!“ rief Pucki. „Warum schreist du denn, ich bin doch hier!“ Als die Kleine nicht mit Weinen aufhörte, versetzte ihr Pucki ein paar Schläge auf die Händchen. Die Schläge waren nicht derb gewesen, trotzdem begann Agnes noch heftiger zu schreien.

Als Frau Sandler herbeigeeilt kam, zog Pucki sich beschämt in die Zimmerecke zurück. Sie stellte fest, daß ihr Betragen dem kleinen Schwesterchen gegenüber nicht nett gewesen war. Wenn Fräulein Caspari recht hätte, würde auf diese böse Tat von irgendwoher eine Strafe kommen. Da aber die Mutti nicht wußte, daß sie die Schuld an dem lauten Schreien des Schwesterchens trug, konnte es keinen Verweis geben. Pucki schwieg daher.

Als das Mittagessen beendet war, schlich Pucki hinaus in die Küche.

„Minna – ich habe mich nicht ganz satt gegessen, ich habe noch ein kleines Loch im Bauch. Schenkst du mir eine Waffel?“

„Nein, die Waffeln bleiben für heute nachmittag. Deine Mutti bekommt Besuch; für dich sind auch Waffeln übrig, doch erst zum Kaffeetrinken.“

„Minna, ich glaube, mein Magen knurrt furchtbar."

„Warum hast du dich mittags nicht satt gegessen?"

„Weil mir Waffeln viel besser schmecken als Gemüse."

Pucki öffnete die Tür zur Speisekammer und betrachtete mit leuchtenden Augen den Teller mit dem Waffelberg.

„Merkst du es, wenn ich mir eine Waffel nehme?"

„Freilich merke ich das."

„Woran merkst du denn das, Minna?"

„Ich habe die Waffeln gezählt."

„Wieviel sind es denn?"

„Dreißig Stück."

Pucki blieb in der Speisekammer und versuchte die Waffeln auf dem Teller zu zählen. Es waren viel mehr als dreißig. Da entstand in dem Kopf des Kindes der Plan, etwas von dem leckeren Gebäck zu nehmen. Pucki wußte genau, daß ihr das Naschen streng verboten war. Aber die Waffeln dufteten so verführerisch, und außerdem waren es viel mehr, als Minna sagte, so daß es gewiß nicht schaden konnte, wenn sie davon aß. Zum Kaffee wollte Pucki etwas weniger oft zulangen, dann war die schlimme Tat wieder ausgeglichen.

Eben wollte sie eine Waffel ergreifen, als Minna in der Tür der Speisekammer erschien, das Kind am Arm erfaßte und herauszog. „Willst du etwa naschen? Das könnte schlimm ausgehen, Pucki, denn ein Kind, das nascht, wird vom lieben Gott bestraft."

„Sind's wirklich dreißig Waffeln, Minna?"

„Mach, daß du aus der Küche kommst, ich habe zu arbeiten."

„Darf ich dem Plüschli nicht eine Waffel geben oder dem Harras?"

„Du sollst hinausgehen", rief Minna ärgerlich.

Zunächst suchte Pucki das kleine Rehkitz auf, das in den letzten Wochen recht tüchtig gewachsen war. Jedesmal, wenn Pucki den Stall betrat, sprang ihr das Tier erfreut entgegen und rieb sein Köpfchen an Puckis Kleid.

„Du bist auch meine liebe Freundin, dich habe ich furchtbar gern!“ Dann rief das Kind nach Harras und klagte ihm sein Leid. „Wenn du noch klüger wärst, lieber Harras, müßtest du durchs Speisekammerfenster springen und mir eine Waffel holen.“

Harras bellte freudig, doch Pucki stellte mit Bedauern fest, daß dieser Plan unausführbar sei.

„Nun müssen wir bis zum Kaffeetrinken warten, dabei habe ich doch so großen Waffelhunger!“

Eine Stunde später befahl die Mutter ihrem Töchterchen, das neue rosa Kleidchen anzuziehen, weil Besuch käme.

„Nun will ich einmal sehen, Pucki, ob du mein liebes, verständiges Mädchen bist. Das neue Kleidchen hat die gute Großmama mit sehr viel Mühe gestickt. Sieh dich also recht vor. Wenn es sauber bleibt, bekommst du eine Belohnung.“

„Du wirst deine Freude haben, Mutti, ich werde es nicht ein bißchen zerknüllen.“

Tatsächlich stolzierte Pucki in der nächsten halben Stunde behutsam durch die Zimmer. Sie traute sich nicht einmal, sich niederzusetzen, und als Harras kam und an ihr hochspringen wollte, wehrte sie mahnend ab.

„Heute mußt du mich hübsch in Ruhe lassen, lieber Harras, damit ich noch extra was bekomme, denn das Kleid hat die Großmutti mit viel Mühe gestickt.“

Auch Minna sollte das schöne Kleid sehen. Pucki ging in die Küche, um sich ihr zu zeigen. Aber Minna war nicht da. Auf der Anrichte stand der Teller mit den Waffeln. Puckis Herz tat einige rasche Schläge, dann griff sie beherzt nach zwei der leckeren Waffeln. Sie wollte wieder aus der

Küche huschen, aber da sah sie Minna kommen, in jeder Hand einen Eimer mit Wasser.

„Ich soll nicht naschen, ich darf nichts nehmen, es ist unrecht“, so schoß es dem kleinen Mädchen durch den Kopf. Leider war keine Zeit mehr, die Waffeln zurück auf den Teller zu legen. – Was beginnen? In der nächsten Sekunde huschte Pucki unter den Topfschrank. Ein geblümter Vorhang, der vom letzten Brett bis zur Erde hing, versteckte sie. Pucki mußte sich allerdings recht zusammenkauern und verhielt sich lautlos in dem Versteck. Minna würde bald wieder die Küche verlassen, um noch mehr Wasser zu holen, dann wollte sie schnell davoneilen.

Als Pucki in ihrer unbequemen Stellung saß, fiel ihr ein, daß das Kleidchen, das sie anhatte, ja nicht unsauber werden durfte. Nun war es gewiß schon mächtig zerknüllt. Wenn Minna doch erst wieder aus der Küche ginge! – Die Waffeln, die Pucki verspeiste, schmeckten jetzt gar nicht so gut wie sonst.

Da öffnete sich die Küchentür noch einmal; die Mutter erschien.

„Nanu – der Teller mit dem Gebäck ist ja so unordentlich geworden.“

„Sollte Pucki doch einige Waffeln genommen haben?“ sagte Minna verärgert. „Ich habe es ihr noch extra verboten.“

„Wenn Sie es Pucki verboten haben, Minna, wird sie es auch nicht getan haben.“

„Na, na, Pucki ist eine kleine Naschkatze.“

„Leider“, erwiderte die Mutter und seufzte leicht, „es macht mich mitunter recht traurig.“

Pucki kauerte sich noch mehr in ihrem Versteck zusammen. Ihr wurde plötzlich siedendheiß. – Nun endlich verließ die Mutter die Küche, nur Minna blieb zurück. Vorsichtig schob Pucki den Vorhang zur Seite, um zu sehen, was Minna wohl treibe. Sie schüttete eben Kartoffeln in den großen blauen Napf und wusch sie ab. Pucki wußte, das waren die Kartoffeln, die für die Hühner und das Schwein gekocht wurden. Da würde Minna noch lange waschen.

Plötzlich hob Minna die Schüssel, um das unsauber gewordene Wasser in den Ausguß zu gießen. Dabei glitt ihr die Schüssel aus der Hand, Kartoffeln und Schmutzwasser ergossen sich in die Küche, und unter dem Topfschrank bildete sich ein kleiner See.

Pucki sah voller Entsetzen, wie sich die Stickerei am Rande des Kleides dunkel färbte. Sie wagte jedoch nicht, aus ihrem Versteck zu kommen. Die blauen Kinderaugen füllten sich mit Tränen. Wenn Minna nur bald aus der Küche ging! Doch Minna begann mit dem Aufsammeln der Kartoffeln, dann ergriff sie einen Aufwischlappen und den Schrubber. Puckis Herz pochte wie ein Hammer.

„Lieber Gott, ich will nie wieder eine Waffel nehmen, nur laß die Minna nicht unter den Topfschrank gucken."

Im nächsten Augenblick wurde der geblümte Vorhang aufgehoben: Ein kleines Mädchen, im rosa Kleidchen, hockte mit tränenüberströmtem Gesicht in der nassen Ecke.

„Pucki!"

„Fräulein Caspari hat doch recht! – Ach, Minna, jetzt bin ich ganz schmutzig!"

Minna begann zu schelten. „Was tust du unter dem Topfschrank?"

Pucki kam hervorgekrochen und schaute mit jämmerlicher Miene an sich herunter. Wie sah das schöne Kleid aus! Auch das weiße Unterröckchen war naß und schmutzig geworden. Durch die weißen Schuhe war das Wasser gedrungen, und die Knie, auf denen das Kind gelegen hatte, waren gleichfalls feucht.

„Willst du endlich sagen, was du unter dem Topfschrank wolltest?"

„Ach, Minna – es ist sehr schlimm."

„Du, Pucki –" Minna stellte sich drohend vor die Kleine, „wolltest du etwa Waffeln stehlen? – Hast du vielleicht schon eine genommen?"

„Ja", klang es kleinlaut.

„Schämst du dich nicht?"

„Ja – ich schäme mich.“

„Nun mach, daß du aus der Küche kommst, ich will solch unartiges Mädchen nicht länger sehen.“

Da stand nun Pucki im Flur, wischte mit den nassen Händen die Tränen aus den Augen und wußte nicht recht, wie sie der Mutter ihren Streich gestehen sollte. Gedrückt schlich sie ins Kinderzimmer, in dem Waltraut saß und hell auflachte, als sie die beschmutzte Schwester sah.

„Hu, du Dreckfink!“

„Bist du still!“

„Ätsch, wie du aussiehst!“

Da schlug Pucki mit den unsauberen Händen auf Waldi ein und packte sie an den Haaren, so daß die Kleine, die sich anfangs energisch wehrte, schließlich ein lautes Schreien ausstieß. Agnes stimmte mit ein. Da kam die Mutter ins Zimmer gelaufen. Obwohl sich Pucki sofort scheu in die Zimmerecke drückte, fiel ihr Blick sogleich auf das unsaubere Kleid.

„Was ist denn hier los?“

„Sie hat mich gehauen“, weinte Waltraut.

Pucki stand stumm da, beide Zeigefinger im Mund.

„Pucki!“

Noch rührte sich Pucki nicht. Sie wäre gar zu gern zur Mutter geeilt, um ihr Unrecht zu gestehen, aber Trotz und Scham hielten sie in der Ecke fest.

„Mit ihren schmutzigen Händen ist sie mir ins Gesicht gefahren“, weinte Waltraut. Dann stürzte sie auf die größere Schwester zu und schlug mit beiden Fäustchen auf Pucki ein. Pucki ließ es ruhig geschehen. Sie fühlte sich so schuldbeladen. Die Schläge hatte sie verdient.

„Wie siehst du denn aus, Pucki?“ fragte die Försterin streng. „Wo bist du gewesen?“

Als keine Antwort kam, trat Frau Sandler dicht vor ihr Töchterchen hin und fragte streng: „Willst du endlich reden, Pucki?“

„Ach, Mutti, Mutti – –“

Dann erfolgte die Beichte. Schweigend zog Frau Sandler dem Töchterchen das rosa Kleidchen aus, holte den Strickstrumpf herbei und gab ihn Pucki in die Hände.

„Du strickst bis zum Kaffeetrinken ununterbrochen und sprichst kein Wort. Dann bekommst du Schwarzbrot ohne Aufstrich, und dann strickst du noch eine Stunde. – Du gehst aus diesem Zimmer nicht heraus. Waltraut werde ich später rufen, damit sie die Tanten begrüßt. Waltraut bekommt Waffeln zu essen und Schokolade zu trinken. Du bist ein recht unartiges Mädchen, Pucki.“

Die Gescholtene setzte sich in die Ecke. Träne auf Träne tropfte auf den Strumpf. Waltraut stellte sich vor die Schwester und sah sie an. Doch Pucki sagte kein Wort. Nur hin und wieder kam ein unterdrücktes Schluchzen aus der kleinen Brust.

Noch schmerzlicher war es, als Minna das Brot und den Kaffee brachte. Trotzdem verzehrte Pucki alles. Es war doch wenigstens eine Unterbrechung des entsetzlichen Strickens. Wenn nur erst die Mutti wieder gut wäre! – Fräulein Caspari hatte doch recht, nur bei Agnes stimmte es nicht. Pucki hatte die kleine Schwester ja vor Tisch geschlagen, und keiner hatte es gesehen. So glaubte Pucki auch jetzt noch, daß auf manche schlimme Tat doch keine Strafe folge. Freilich, für das Waffelnehmen war sie sehr schwer bestraft worden, aber Agnes konnte sie wohl doch hin und wieder einen kleinen Klaps geben, wenn sie so sehr schrie, ohne daß dafür eine Strafe kam. –

Als Pucki am anderen Tage aus der Schule kam, nahm sie der Vater bei der Hand.

„Du mußt heute sehr artig sein, mein Kind, dein kleines Schwesterchen wird sehr krank werden.“

„Was hat sie denn?“

„Der Onkel Doktor wird bald kommen. Die Händchen haben rote Flecken bekommen."

„Die Hände haben rote Flecken bekommen?"

„Ja, Pucki, und nun fangen die roten Flecken auch schon am Halse an."

„Ich – ich –", sagte Pucki stockend, „ich hab' die Agnes wirklich nur auf die Hände gehauen, nicht auf den Hals."

„Was – du hast dein kleines Schwesterchen geschlagen?"

„Ach, Vati, sie hat geschrien und immerfort geschrien, da habe ich sie ein bißchen auf die Hände geschlagen."

„So ein schwaches Kindchen, das man leicht zerbrechen kann, hast du geschlagen? Weißt du denn nicht, daß man so kleine Kinder ganz behutsam anfassen muß, weil man sonst etwas an ihnen zerbricht? Habe ich dir das nicht schon mehrmals gesagt?"

„Ach, Vati – ich habe es doch nicht schlimm gemeint. – O weh, nun wird sie krank, weil ich sie gehauen habe! Nun stimmt es doch, daß jede schlimme Tat bestraft wird. – Ach, Vati, was machen wir nur? Die Waltraut habe ich auch gehauen. Wird das nun auch bestraft?"

Am nächsten Tage zeigten sich auch bei Waltraut rote Flecken im Gesicht und an den Händen. Und das Schwesterchen war über und über mit roten Flecken bedeckt.

„Masern", sagte der Arzt. „Es ist wohl am besten, wenn Sie Pucki nicht erst absperren. Masern sind sehr ansteckend, ich nehme an, daß auch Pucki bereits den Keim zu dieser Krankheit in sich trägt."

So wurde Pucki von den Geschwistern nicht ferngehalten. Sie mußte aus der Schule bleiben und stand viel am Bettchen der kleinen Agnes.

„Ich hau' dich nicht mehr, ganz bestimmt nicht mehr. Jetzt glaube ich, daß man für alles Böse, was man tut, bestraft wird. – Vati, wann gehen denn die schlimmen Flecken wieder weg?"

„Das dauert noch einige Wochen."

„So doll habe ich doch nicht gehauen“, rief Pucki unter Tränen, „so doll braucht mich der liebe Gott nicht zu bestrafen!“

Zwei Tage später hatte Pucki auch die Masern. Im Schlafzimmer lagen die drei Kinder zusammen in ihren Betten. Bei Pucki zeigte sich die Krankheit am schlimmsten. Oft, wenn sie mit heißem Kopf in den Kissen lag, dachte sie an Fräulein Caspari: Sie hat schon recht gehabt!

Besuch durfte ins Forsthaus nicht kommen, obgleich Pucki häufig nach ihren Schulgefährtinnen verlangte. Sie wollte auch an die Niepelschen Knaben schreiben, doch hielt man alle von ihr fern. So hatte sie ausreichend Zeit, über ihre Streiche nachzudenken. Der einzige Trost, der ihr blieb, war der Mutter Versprechen, daß sie, wenn es ihr besser ginge, Waffeln bekommen sollte.

„Mutti, geht es mir nun besser?“ fragte das kleine Mädchen an jedem Morgen.

Aber Wochen vergingen noch. Der Juni ging seinem Ende entgegen.

„Mutti, nun kommen doch bald die großen Ferien! Oh, habe ich lange Ferien gehabt! Kommt nun bald wieder die Rose Scheele?“

„Ja, Pucki, die Rose kommt auch in diesem Jahr wieder zu uns in den Wald. Wir haben das Stadtkind herzlich liebgewonnen, und auch Rose freut sich schon sehr, daß sie die Ferien wieder bei uns verleben darf.“

Pucki blickte sinnend zur Zimmerdecke hinauf. Vor zwei Jahren war Rose Scheele als blasses, trauriges Stadtkind mit vielen anderen Mädchen in die Försterei gekommen. Die beiden Kinder hatten sich herzlich angefreundet, und die Trennung war daher schmerzlich gewesen. Dann schrieb man sich fleißig Briefe.

Nun dauert es nicht mehr lange, dann kam Rose wieder her.

„Aber erst mußt du ganz gesund sein, mein liebes Kind.“

„Mir ist es so, Mutti, als wären alle meine Unarten mit den roten Flecken aus mir gegangen.“

„Das wollen wir hoffen“, lachte die Mutter.

Kaum waren Pucki und Waldi aus den Betten, als sie sich auch schon wieder stritten und prügelten.

„O weh“, sagte die Mutter, „ich glaube, es sitzen noch viele Unarten in dir, Pucki.“

Das Himmelskästchen

Die drei Kinder des Försters hatten die Masern glücklich überstanden. Die großen Ferien waren angebrochen, und Pucki freute sich, daß sie so viel freie Zeit gehabt hatte, während ihre Schulfreundinnen lernen mußten. Sie hörte freilich mit sichtlichem Unbehagen, daß die Mutter während der Ferien hin und wieder Thusnelda ins Forsthaus rufen wollte, damit sie mit Pucki alle die Aufgaben durchging, die während Puckis Krankheit in der Schule durchgenommen worden waren. Aber mit Thusnelda lernte es sich wahrscheinlich viel besser als mit Fräulein Caspari. Sie brauchte dann nicht stille zu sitzen und nicht so gut aufzupassen.

Nun war Rose Scheele zum dritten Male ins Forsthaus Birkenhain gekommen. Das zehnjährige Mädchen sah auch dieses Mal wieder recht blaß aus, denn in der Großstadt war die Wohnung klein und dunkel.

„Du wirst schon wieder frisch und gesund werden“, sagte Pucki beim Empfang und umarmte die geliebte Freundin ein um das andere Mal.

„Mein lieber, lieber Wald, die lieben Vögel und alle ihr lieben Menschen, ich habe es vor Freude kaum aushalten können!“

Pucki kam sogleich mit dem Poesiealbum angelaufen. „Sieh mal, Rose, das hat mir der große Claus geschenkt. Darin stehen alle meine Freundinnen mit Versen und Bildern. Du wirst staunen, wie viele Freundinnen ich habe. Und jetzt mußt du auch einschreiben. – Sieh mal, der Harras hat auch eingeschrieben.“

Rose lachte. „Der Harras kann doch nicht schreiben.“

„O doch! – Ich habe ihn an der Pfote gehalten, dann hat er einen Bleistift bekommen. Sieh mal, das hat er geschrieben."

Rose Scheele las die undeutlich gekritzelten Worte: „Ich bin dein bester Freund." Die schmutzige Pfote des Hundes machte sich auf dem Blatt deutlich bemerkbar.

Pucki schlug das Blatt um. „Gleich hinterher hat der Fritz Lange, weißt du, der freche Bengel mit dem großen Ritz auf der Stirn, eingeschrieben: Ich bin dein allerbester Freund."

Rose blätterte weiter. Da standen viele Verse von den Schulkameradinnen, es fehlten aber auch Minna und die Oberförsterin nicht. Dann kam der Schmanzbauer und die Schmanzbäuerin; sogar deren Sohn Michael, der zur See fuhr, hatte einen Spruch eingeschrieben.

„Und hier steht die Ida auf dem allerletzten Blatt. Guck mal, was sie geschrieben hat.

Wer dich lieber hat als ich,
Der schreibe sich noch hinter mich."

„Aber hier hinten auf dem Einbanddeckel steht ja noch eine. „Ich habe Dich doch noch lieber", hat sie geschrieben."

„Ach, das ist die Meta, die können wir alle nicht leiden. Die wollte mich nur ärgern. Und nun mußt du auch einschreiben, Rose. In das Buch der Freundschaft gehörst du doch zuerst."

Schon am nächsten Tage schrieb Rose Scheele das folgende Verslein hinein:

„Ich bin Deine Freundin, so schreib' heute ich ein,
Ach, könnt' ich fürs Leben Dir stets Freundin sein."

Pucki las den Vers mit Begeisterung. „Natürlich bist du fürs ganze Leben meine Freundin, so wie Erika die Freundin meiner Mutti fürs ganze Leben ist. Du kommst immer zu uns, dann werden wir zusammen groß, und wenn wir heiraten, ziehen wir auch zusammen, und unsere Kinder sind wieder Freunde."

Rose hatte so viel zu fragen. Sie wollte wissen, wie es dem Schmanzbauern und seiner Frau ginge. Sie hatte die beiden Leute bei ihrem Aufenthalt im Sandlerschen Hause von Herzen liebgewonnen.

„Weißt du, was wir heute machen?" sagte sie. „Wir holen uns aus dem Wald grüne Zweige, dann machen wir einen Kranz mit Blumen, gehen zum Kirchhof und legen ihn der guten Großmutter, der ich vorlesen durfte, aufs Grab. Ich kann nämlich einen Kranz flechten."

„Was du alles kannst", staunte das Försterkind. „Meiner Mutti hast du so einen schönen Teller aus bunten Perlen mitgebracht, und dem Vati hast du aus kleinen Lederstückchen einen Tabaksbeutel zusammengenäht."

„Deiner Mutti mache ich noch eine kleine Kommode für Knöpfe und deinem Schwesterchen aus Streichholzschachteln allerlei Möbel für die Puppenstube. Die sind fein."

„Kannst du das auch?"

„Und dann mache ich noch einen Hampelmann –"

„So einen, der mit den Beinen zappelt, wenn man am Faden zieht?"

„Ja, so einen."

„Bist du aber klug", sagte Pucki bewundernd. „Was kannst du denn noch, Rose?"

„Aus einem großen Blatt kann ich einen Puppenhut machen und eine Girlande aus grünen Blättern – –"

„Hahaha", lachte das Försterkind, „das kann ich schon lange, das haben wir schon oft gemacht. – Na, und was kannste noch?"

„Stricken."

„Puh – das ist eklig! Nun komm aber rasch, wir wollen grüne Zweige holen. Wir gehen zu den großen Büschen, die sind gar nicht weit, da bekommen wir schöne Zweige."

Noch am selben Tag band Rose Scheele einen Kranz aus Tannengrün. Frau Sandler erlaubte gern, daß die Kinder aus dem Garten Blumen abschnitten, um sie in den Kranz zu flechten.

„Es ist sehr lieb von dir, Rose, daß du an die Schmanzgroßmutter denkst. Du hast ihr so manche frohe Stunde bereitet – –"

„Ich auch, Mutti! Als ich ihr vorgelesen habe, ist sie in den Himmel gegangen. Sie hat sich auch über mich gefreut."

„Du hast aber niemals daran gedacht, der guten Schmanzgroßmutter ein paar Blümchen aufs Grab zu legen."

„Das mache ich heute, Mutti. Ach, ich weiß schon, ich werde sie sehr erfreuen. Sie hört es ja nicht mehr, sonst würde ich ihr gern eine Geschichte vorlesen."

„Aber sie schaut vom Himmel auf euch nieder und freut sich, wenn kleine Mädchen zu ihr kommen."

Der Kranz, den Rose geflochten hatte, war recht nett geworden. Sie hatte sich große Mühe bei der Arbeit gegeben. Pucki trug einen großen Strauß Gartenblumen in den Händen. Die Kinder wanderten in Begleitung der Mutter nach dem Rahnsburger Kirchhof. Auch Frau Sandler hatte Blumen mit, um einige Gräber lieber Bekannter zu schmücken.

Nun standen die Kinder am Grabe der Schmanzgroßmutter. Frau Sandler war weitergegangen, sie ließ die beiden Mädchen allein zurück. Rose faltete andächtig die Hände und sprach halblaut ein Gebet. Dann schloß sie mit den Worten:

„Ich danke dir, liebe Schmanzgroßmutter, daß du immer so gut zu mir gewesen bist. Ich war doch ein ganz fremdes Kind, doch du hast mich immer liebgehabt. Nun bringe ich dir heute einen Kranz, den ich selber gewunden habe."

„Ob sie das hört?“ fragte Pucki flüsternd.

Behutsam legte Rose den Kranz auf dem Hügel nieder. „Sie hört es und sieht uns auch.“

„Schmanzgroßmutter, siehst du auch meine Blumen? Wenn die Schmanzgroßmutter noch lebte, würde sie auch einen Vers in mein Poesiealbum geschrieben haben.“

Pucki schaute unverwandt auf die ältere Freundin. Rose stand noch immer mit gefalteten Händen am Hügel. Da legte auch sie die Händchen ineinander und sagte leise:

„Lieber Gott, laß es der Schmanzgroßmutter auch im Himmel recht gut gehen. Großmutter, wir werden bald wiederkommen.“

„Freilich, Pucki, man soll die Leute, die gestorben sind und die wir lieb hatten, nicht vergessen, auch wenn sie in der Erde liegen. Wir gehen auch immer an Vaters Grab und bringen ihm Blumen.“

„Nun wollen wir heimgehen“, sagte Pucki ein wenig ängstlich. Der Gedanke, daß der Vati oder die Mutti einmal in der Erde liegen sollten, war so schrecklich für das Kind, daß es daran nicht denken wollte. Pucki sah sich auf dem Friedhof um, erblickte die Mutti an einem der Gräber, lief auf sie zu, umschlang sie stürmisch und sagte:

„Nicht wahr, Mutti, du stirbst aber nicht? Ich will dich auch nicht wieder ärgern, du sollst kein Herzweh haben. Und wenn ich einmal unartig bin, haust du mich, dann ist dir wieder gut.“

„Aber Pucki, es tut mir doch selber weh, wenn ich dich strafen muß.“

„Dann strafste mich eben nicht mehr“, klang es zurück. „Ich will aber ganz artig sein.“

„Davon merke ich im Augenblick nichts, Pucki, denn schon wieder beißt du an den Nägeln. – Pfui, wie deine Händchen aussehen!“

Hastig zog Pucki die Handschuhe aus der Tasche und streifte sie über. „So, nu sind die Hände wieder fein, nun sieht es keiner, Mutti.“

„Du bist und bleibst ein übermütiges Mädelchen.“

„Ich bin eben dein lieber Puck."

Gemeinsam gingen die drei zur Försterei zurück. Unterwegs forschte Pucki bei Rose, was sie noch alles machen könne.

„Man kann aus Streichholzschachteln auch kleine Häuschen machen und aus einer Kiste eine Puppenstube."

„Ach, das machen wir alles, Rose, das wird fein werden!"

Von nun an wurde im Forsthause geleimt, gehämmert und geschnitzelt. Minna war verzweifelt. Jede Streichholzschachtel verschwand; die Hölzchen lagen auf dem Herd, aber die Schachtel war fort. Jeden vorübergehenden Spaziergänger bestürmte Pucki, ob er nicht eine Streichholzschachtel hätte, denn daraus ließen sich die herrlichsten Sachen herstellen. Es war bereits eine Standuhr für die Puppenstube hergestellt, das waren zwei aufeinandergeklebte Schachtelhüllen mit einer quergestellten Schachtel oben, auf die Rose das Zifferblatt gezeichnet hatte. Die Mutter gab den Draht für die Zeiger her. Ebenso hatten die Kinder einen kleinen Wagen gebastelt. Als Räder wurden Korkscheiben benutzt, die aus Pfropfen geschnitten waren. Auch Pfropfenmänner und Pfropfenfrauen konnte Rose anfertigen, indem sie Streichhölzchen als Arme und Beine in die Pfropfen steckte. Als Kopf klebte sie ein weißes Papierblättchen auf, und Pucki zeichnete freudestrahlend Augen, Nase und Mund mit Rotstift darauf.

Besondere Freude machte dem Försterskinde die Herstellung einer kleinen Kommode, die für die Mutter bestimmt war. Sechs Streichholzschachteln wurden zu je drei übereinander geklebt.

„Es sieht wirklich aus, als wäre es eine Kommode. Nun hat sie sechs kleine Schubladen."

Ein Bandrest, so breit wie die Streichholzschachteln, wurde um die sechs Schachteln gelegt und an einer Stelle sauber zusammengenäht.

„Deine Mutti kann nun in jedes Schübchen etwas anderes legen, Pucki. In ein Schübchen weiße Hemdenknöpfe, in das zweite Stecknadeln, ins dritte Haken und Ösen und so weiter. Und damit sie weiß, was jedes

Schübchen enthält, nähen wir vorn an das Kästchen immer das an, was hineinkommen soll. Wir können die kleine Kommode auch noch schöner machen und die Schübe vorn und hinten mit Papier bekleben und erst dann die Knöpfe und Haken daraufnähen."

Pucki ging mit Feuereifer an die Arbeit. „Wenn diese Kommode fertig ist, machen wir rasch noch eine für den großen Claus."

„Ach nein, Pucki, der große Claus kann damit nichts anfangen. Das ist nur etwas für Muttis."

„Ich möchte aber dem großen Claus was machen. – Weißte nicht was? Soll ich ihm einen Topfhandschuh nähen?"

Rose überlegte. „Einen Topfhandschuh braucht er auch nicht – aber du kannst ihm einen Serviettenring aus bunten Perlen machen. Das ist leicht und was sehr Schönes."

Pucki wollte sogleich mit der Arbeit beginnen, doch Rose meinte, erst müsse die kleine Kommode für die Mutti fertiggestellt werden. Man dürfe nicht vieles auf einmal anfangen. Trotzdem wurde neben dieser Arbeit, die im geheimen betrieben wurde, noch vielerlei anderes gebastelt. Wenn aus Rahnsburg die Schulfreundinnen von Pucki ins Forsthaus kamen, so bestaunten sie die schönen Dinge, die unter Roses Händen entstanden. Schließlich schleppten die kleinen Mädchen allerlei buntes Papier, Pappe, Draht, Pfropfen und Zigarrenkisten ins Forsthaus. Stundenlang saßen die Kinder nun zusammen und fanden es herrlich, ihr Spielzeug selber herstellen zu können.

Förster Sandler und seine Frau staunten ebenfalls, was Roses geschickte Hände fertigbrachten. Aus Flaschenkorken waren Männer, Frauen und Pferde entstanden, sogar eine Lokomotive stand auf dem Tisch. An Puppenmöbeln waren Stühle, Tische, Schränke und Betten gefertigt worden, alles sauber und ordentlich gearbeitet. Sogar einen ganzen Hühnerhof hatte Rose gebaut. Auf einen Pappdeckel klebte Rose Moos, machte aus Pappe ein Hühnerhaus und umgab alles mit einem Zaun. Die Hühner, gleichfalls aus Pappe gefertigt, erhielten Beine aus Draht, damit sie stehen konnten. Diese selbstgebastelten Spielsachen machten den

Kindern die denkbar größte Freude. Von nun an wurde in fast allen Rahnsburger Familien, in denen kleine Mädchen waren, ähnliche Spielsachen gearbeitet.

Pucki, die gewöhnlich nur zusah, wenn andere tätig waren, fand dieses Mal auch Gefallen an der Beschäftigung. Strahlend zeigte sie den Niepelschen Drillingen ihre Kunstwerke. Walter und Fritz bestaunten die Sachen, während Paul vieles daran auszusetzen hatte.

„Wir machen was viel Schöneres!"

„Was macht ihr denn?" forschte Pucki neugierig.

„Das sagen wir nicht. Wenn ihr nächstens zu uns kommt, dann erlebt ihr ganz was Neues. Ihr werdet nämlich bald alle zu uns eingeladen."

„Was erleben wir denn?" forschte Pucki erregt.

„Wir verraten nichts", sagte Paul bestimmt. „Na, du wirst die Augen so weit aufreißen, daß du sie nicht mehr zumachen kannst."

„Werden wir bald eingeladen?"

„Herr Hupfer sagte, es ist noch nicht so weit, aber bald ist es so weit." Und plötzlich begann Paul laut zu lachen.

„Au, das wird fein!"

Pucki wandte sich an Walter und Fritz. Sie wollte durchaus erkunden, was man in Kürze auf dem Niepelschen Gute erleben werde. Doch die beiden Knaben kniffen listig die Augen zusammen und lachten.

„Großartig wird es!"

Da legte das Försterskind schmeichelnd den Arm um Fritz. „Bin ich deine Freundin? – Bist du mein Freund?"

„Ja, Pucki."

„Dann sage mir ganz leise, was wir erleben werden."

Fritz machte sich aus den umschlingenden Armen los und lief davon. Auf Puckis Stirn zeigte sich eine finstere Falte.

„Du oller dummer Junge!“ Dann steckte sie den Finger in den Mund und knabberte am Nagel.

Drei Tage später stellte sich Claus Gregor im Forsthause ein. Er begrüßte Rose herzlich, denn auch er mochte das liebe Mädchen sehr gern.

„Dir habe ich etwas mitgebracht, Pucki. Du hast so lange im Bett liegen müssen, jetzt bekommst du etwas zum Andenken an mich.“

„Ich weiß schon – das wolltest du mir damals schon schenken!“

„Jawohl, kleiner Wildfang, nun ist es fertig geworden.“

Pucki wickelte aus dem Papier ein viereckiges Kästchen heraus. Auf den Klappdeckel waren gepreßte Blumen geklebt: Vergißmeinnicht, Männertreu, Löwenmaul und fleißiges Lieschen.

„Die Blumen habe ich für dich gepreßt, kleine Pucki. Wie das fleißige Lieschen sollst du auch immer fleißig sein. Vergessen sollst du mich auch nicht, und das hier –“ Claus lachte: „Kennst du diese Blume?“

„Freilich kenne ich sie! Es ist Löwenmaul!“

„Sie soll dich daran erinnern, daß man nicht immer einen großen Mund haben soll, wenn einem etwas nicht paßt.“

„Hahaha, meinste mich?“

Claus lachte abermals.

„Und was ist das hier für 'ne Blume? Ist das nicht Männertreu? Hast du das draufgeklebt, weil du immer mein treuer Freund sein willst?“

„Ja, Pucki.“

„Das ist aber schön. – Was tue ich nun in das Kästchen hinein? – Weißt du, als du mir den Kasten gabst, habe ich gedacht, daß er voll Schokolade ist. – Und nun ist er ganz leer.“

„Nun gefällt er dir nicht?“

„Ach ja – mir gefällt er schon, mir gefällt alles, was du mir schenkst, auch das Poesiealbum. Und wenn du mir mal das Schaukelpferd schenkst, das beim Kaufmann Puche steht, freue ich mich noch viel mehr.“

„Du weißt noch gar nicht, Pucki, daß dieses Kästchen ein Wunderkästchen ist.“

Pucki klappte den Deckel mehrmals auf und zu, schüttelte dann das Kästchen und sagte: „Er ist ja noch immer leer. – Was ist das für ein Wunderkasten, großer Claus?“

„Solch ein Kästchen habe ich bei einem kleinen lieben Mädchen gesehen, das in demselben Haus wohnt, in dem ich wohne. Die kleine Grete war immer recht unartig, niemand mochte sie leiden. Da hat sie eines Tages solch ein Kästchen bekommen. Die Mutter schenkte ihr dazu noch ein Säckchen mit schwarzen Bohnen, und jedesmal, wenn das kleine Mädchen etwas Häßliches getan hatte, legte die Mutter eine schwarze Bohne hinein. An jedem Sonntag hat sie dann die Bohnen gezählt und dem Kinde gezeigt, wie oft es häßlich gewesen war. Die kleine Grete war darüber recht traurig und nahm sich vor, sich zu bessern. So sind immer weniger schwarze Bohnen in das Kästchen gekommen, und jetzt geschieht es nur noch selten, daß die Mutter eine Bohne hineintun muß. – Nun hat die Mutter gesagt, daß sie für jede gute Tat eine weiße Bohne in das Kästchen legen will. Die kleine Grete kommt oft zu mir und zeigt mir, wieviel weiße Bohnen in dem Kästchen liegen. Das freut mich natürlich, darum nenne ich das Kästchen ein Wunderkästchen, weil aus der bösen Gretel ein gutes Gretel wurde.“

„Hast du die Gretel nun sehr lieb, weil sie so gut ist?“

„Ja, Pucki, liebe Kinder habe ich immer gern.“

„Hast du sie noch lieber als mich?“

„Wie wäre es, Pucki, wenn du auch jedesmal eine schwarze Bohne in das Kästchen legen wolltest, sobald du einen schlimmen Streich machst?“

„Guckst du dann nach, wie viele schwarze Bohnen in dem Kasten sind?“

„Jawohl. – Wenn ich zu Weihnachten wieder auf Ferien komme, sehe ich nach.“

„Wenn nun aber die schwarzen Bohnen alle gar nicht in den Kasten gehen?“

„Oho, solch unartiges Mädchen wirst du doch nicht sein, daß du bis Weihnachten hundert schlimme Streiche ausführen wirst."

Rose Scheele, die bisher schweigend dabeigesessen hatte, sagte plötzlich: „Das ist kein Wunderkästchen, das ist ein Himmelskästchen."

Claus und Pucki blickten Rose fragend an.

„Das ist wie beim lieben Gott", fuhr sie fort. „Der hat viele große Schalen, für jeden Menschen eine. In diese Schale wirft er jedesmal, wenn ein Mensch was Schlimmes tut, eine schwarze Kugel. Wenn der Mensch dann wieder was Gutes tut, wirft er eine weiße Kugel dazu. Das macht er so lange, bis der Mensch tot ist. Wenn der Mensch dann an die Himmelstür kommt und fragt, holt der liebe Gott sich viele kleine Englein herbei und sagt: „Nun rasch, zählt mal die Kugeln!" Sind dann mehr schwarze Kugeln als weiße, dann schlägt der liebe Gott die Himmelstür zu und sagt: „Hübsch draußen bleiben, lieber Mann." Sind aber mehr weiße Kugeln, dann darf er in den Himmel kommen."

„Darf er auch hinein, wenn nur eine weiße Kugel mehr drin ist als schwarze?" fragte Pucki gespannt.

„Ja", sagte Rose. „Dann muß er aber ganz vorne bleiben und darf nicht in den schönen Himmel, in dem die Englein umherfliegen."

Nachdenklich blickte Pucki auf das Kästchen. „Vielleicht ist es gut so. – Man weiß dann, wie oft man böse gewesen ist. Ich werde auch immer schwarze Bohnen in das Kästchen tun, und dann nehme ich noch ein anderes Kästchen, in das lege ich die weißen Bohnen. Wenn du dann wiederkommst, großer Claus, zählen wir. Wenn zu viele schwarze Bohnen in meinem Himmelskästchen sind, will ich schnell recht viel Gutes tun."

„Ich hoffe, daß du recht oft an das Kästchen denkst, wenn du einen schlimmen Streich ausführen willst."

Das kleine Mädchen seufzte. „Ach, wenn ich immer artig sein soll, macht das keinen Spaß. Manchmal merkt man ja, daß man unartig war. Das ist eben der Puck, der in mir sitzt, und dafür kann ich nicht."

„Nun, ich denke, du wirst dich recht oft an das Himmelskästchen erinnern."

„Ja, großer Claus, aber die Gretel darf nicht so viele weiße Bohnen haben, das mag ich nicht leiden. Die Gretel wird auch ungezogen sein, du weißt es nur nicht."

Minna gab bereitwillig weiße und schwarze Bohnen heraus. Es war nur fraglich, ob Pucki die schlechten und guten Taten selbst erkennen würde. Schon am Abend kam die erste schwarze Bohne in das Kästchen. Waltraut hatte sich einige Puppenstubenmöbel zum Spielen geholt. Als Pucki das sah, nahm sie sie ihr fort und zerbrach absichtlich einen kleinen Stuhl.

„Du", sagte Rose ernst, „das war aber häßlich von dir."

„Ach ja", seufzte Pucki gedrückt, nahm schweren Herzens aus dem Säckchen eine schwarze Bohne und legte sie mit traurigem Gesicht in das Himmelskästchen.

Geheimnisvolle Vorbereitungen

In der kleinen Stadt Rahnsburg und in der Försterei Birkenhain herrschte seit Tagen große Erregung. Etwas ganz Neues sollte den Kindern geboten werden: Ein Sportfest, das der Hauslehrer auf dem Niepelschen Gute, Herr Hupfer, noch während der großen Ferien veranstalten wollte.

Herr Hupfer hatte sich mit Fräulein Caspari in Verbindung gesetzt und sie gefragt, ob es nicht möglich wäre, daß bei diesem Sportfest draußen bei Niepels acht Mädchen aus Puckis Klasse einen Volkstanz aufführten. Dieser Vorschlag wurde begeistert aufgenommen. Die Lehrerin erbot sich, einen hübschen Reigentanz einzuüben. Es wollten nur wenige von Puckis Klassenkameradinnen verreisen, und alle anderen sollten zu dem Sportfest geladen werden und sich nach Möglichkeit daran beteiligen.

„Ich plane einen Wettlauf, Preisringen, scherzhaftes Wettreiten, Hindernislaufen und andere Wettspiele mehr. Dazu sollen die Knaben und Mädchen zeigen, was sie im Turnen leisten können. Herr Niepel läßt auf einer der Koppeln die verschiedensten Turngeräte aufstellen."

Fräulein Caspari wählte acht Mädchen ihrer Klasse aus. Pucki war nicht darunter. Sie war zu derartigen Dingen nicht zu gebrauchen. Herr Hupfer bedauerte das; er meinte jedoch, er werde sich mit Pucki und Rose Scheele persönlich in Verbindung setzen. Vielleicht könnten die beiden Mädchen ganz aus sich selbst heraus etwas zur Verschönerung des Festes beitragen.

Die Vorbereitungen, die auf dem Niepelschen Gute getroffen wurden, erregten natürlich allgemeine Aufmerksamkeit. Noch nie waren so viele Rahnsburger Kinder hinaus nach dem Gute gepilgert wie während dieser Ferien. Besonders die Turngeräte, die der Gutsbesitzer aufstellen ließ, erregten das helle Entzücken der Knaben. Die Leute, die mit diesen Arbeiten beschäftigt waren, mußten viele neugierige Kinder fortjagen.

Vor allem waren es die Niepelschen Drillinge, die Herrn Hupfer dauernd mit ihren Fragen quälten.

„In Ihrem dicken Sportbuch stehen noch viel mehr Sportsachen: Jagdsport, Schwimmsport, Boxen, Radfahren. Wir müssen noch viel mehr machen, Herr Hupfer."

„Sorgt nur dafür, daß ihr im Turnen und im Laufen etwas Gutes leistet", meinte er.

„Speerwerfen und Kugelstoßen muß noch sein", sagte Walter.

„Es wird wie die Olympischen Spiele", meinte Paul. „Ich habe in Rahnsburg erzählt, daß wir Olympische Spiele machen, nur wird es noch großartiger. Ich reite wie ein Indianer auf ungesatteltem Pferde."

„Nicht immer einen solch großen Mund, mein Junge", mahnte Herr Hupfer. „Ich hoffe, daß ihr euch manierlich betragt. Jeder, der auf dem Sportfest Dummheiten macht, wird ausgeschlossen."

„Da wird wohl bald keiner übrig sein", maulte Walter.

„Ich habe nichts dagegen, wenn ihr euch noch ganz heimlich etwas ausdenkt und einübt und uns damit beim Sportfest überrascht. Es darf aber keine Dummheit sein, es muß in den Rahmen der Veranstaltung passen."

„Geben Sie uns Ihr dickes Buch?"

„Das tue ich gern, doch legt es dann wieder an seinen Platz."

Von nun an konnte der Hauslehrer mehrfach sehen, wie die drei Knaben voller Eifer das Buch durchblätterten und dabei flüsterten.

Pucki hatte natürlich auch keine Ruhe mehr, seit Herr Hupfer persönlich im Forsthause gewesen war und angefragt hatte, ob sie und Rose auch etwas zur Belustigung der Teilnehmer beitragen wollten.

„Ich klettere an der langen Stange hoch und hole die Schokolade herunter. Ich kann fein klettern! „

„Die lange Kletterstange ist nur für die Knaben."

„Ich bin wie ein Knabe, sagt Fräulein Caspari immer. Ich ziehe mir den Turnanzug an, dann geht es los!"

„Vielleicht findest du noch etwas Besseres", meinte Herr Hupfer, „du hast doch immer so hübsche Gedanken, und Rose kann dir manchen guten Rat geben."

Schon am andern Tage erschien Pucki auf dem Niepelschen Sportplatz. „Ich habe was Feines", schrie sie dem Hauslehrer und den drei Knaben zu und schlug mit den Armen, als wären es Flügel. „Oh, ich habe ganz was Feines ausgedacht!"

„Was denn?" fragte Paul.

„Das sage ich nicht. – Na, ihr werdet Freude daran haben!"

„Und wir machen noch was Feineres", sagte Walter, „das sagen wir auch nicht."

So wurde die Geheimnistuerei immer größer. Die Rahnsburger Mädchen erzählten von einem wunderschönen Volkstanz, der viel schöner sei als alles das, was sie bisher in der Schule getanzt hätten.

Pucki lief zum Pferdestall und liebkoste das weiße Pferdchen, das sie schon so oft zur Schule gefahren hatte.

„Rennst du auch mit, kleines Pferd?“

Der Schimmel wieherte freudig. Er kannte Pucki genau, die ihm stets Zucker brachte. Auch jetzt wieder holte sie ein Stück Zucker hervor und reichte es ihm.

„Ich habe heute den Kaffee ohne Zucker getrunken, weil ich wußte, daß ich heute zu dir komme. Pferdchen, bin ich deine gute Freundin?“

Das Tier rieb seinen Kopf an Puckis Schulter.

Vom Pferdestall lief Pucki zum Schweinestall. Walter hatte ihr verraten, daß dort sechs kleine Schweinchen angekommen wären. Sie schaute von einer Boxe in die andere und freute sich, wenn sie von den Tieren mit Grunzen begrüßt wurde. Schließlich fand sie die Sau mit den sechs Jungen. Sie setzte sich auf den Rand der Schweinebucht und schaute verzückt den kleinen Tierchen zu, die an der Mutter sogen. Schließlich sprang sie sogar in die Schweinebucht hinein und streichelte die kleinen Tiere.

„Ihr lieben Marzipanschweinchen, ihr seid so niedlich!“

Während Pucki noch in der Schweinebucht weilte, hörte sie draußen lautes Rufen. Es war die Stimme des Hauslehrers.

„Fritz – Walter – Paul! Wo seid ihr denn wieder!“

Die Tür des Schweinestalles wurde geöffnet. Pucki schaute vergnügt lachend über die Brüstung. „Hier ist keiner, hier bin nur ich!“

„Aber Pucki, wie siehst du nur wieder aus! – Was willst du denn bei den schmutzigen Tieren?“

„Die sind nicht schmutzig“, erwiderte das Kind entrüstet, „sieh mal her, wie weiß und schön sie sind.“

„Komm schnell heraus! – Weißt du nicht, wo die Jungen sind?“

„Nein.“

„Willst du nicht rasch mal ins Haus laufen oder nach den Scheunen? Einer der Knaben soll sofort zu mir kommen.“

Pucki nahm erst von den kleinen Schweinchen Abschied, tätschelte jedes einzelne und schwang sich dann, einem Knaben gleich, über die gemauerte Brüstung.

„Du kannst gut turnen“, lobte Herr Hupfer.

„Ich klettere auch an der glatten Stange hoch und hole die Schokolade.“

„Na, na, das will geübt sein!“

Das leuchtete dem Kinde ein. Es gab im Walde ja so viele hochgewachsene Bäume, dort konnte sie üben. Außerdem war sie in der Turnhalle der Schule immer die erste, die an Leitern und Stangen oben an der Decke war. Mit diesen Leistungen stellte sie ihre Mitschülerinnen in den Schatten.

Sehr langsam schritt Pucki über den Gutshof, dem Hause entgegen. Die unsauberen Schuhe zog sie von den Füßen und nahm sie in die Hand. Mit lauter Stimme rief sie nach den Knaben. Frau Niepel kam herbei und sagte, daß die drei auf dem Sportplatz wären.

„Da sind sie nicht, Tante Niepel.“

„So stecken sie wahrscheinlich in der großen Scheune, Pucki. Dort wirst du sie finden.“

Aber in der großen Scheune waren sie auch nicht. Interessiert schaute das Kind den Landarbeitern zu, die auf dem jenseits des Weges liegenden Felde arbeiteten. Und bald war eine Unterhaltung in Gang gekommen; Pucki vergaß, daß sie von Herrn Hupfer geschickt worden war, um die Knaben zu suchen.

Plötzlich stürmte Pucki der Landstraße zu. Mit ihren scharfen Augen hatte sie Oberförster Gregor bemerkt, der eben im Begriff war, in den kleinen Waldweg einzubiegen. Anscheinend hatte er Niepel einen Besuch abgestattet und war nun auf dem Wege zur Oberförsterei.

„Weidmannsgruß, Onkel Oberförster", schallte es laut, „warte doch ein bißchen!"

Der alte Herr blieb stehen. Seine kleine Pucki mußte er natürlich begrüßen. Das Kind war ihm von klein auf ans Herz gewachsen. Und wieder begann ein fröhliches Geplauder.

„Machst du auch beim Sportfest mit, Pucki?" fragte er.

„Freilich, Onkel Oberförster, kommst du auch?"

„Natürlich, wir sind alle da."

„Ich klettere an der hohen Stange hinauf und hole die Schokolade herunter. Weißt du, der Paul hat mir gesagt, die Sieger bekommen extra was geschenkt, und manche Leute geben eine Belohnung. Wenn ich die hohe Stange hinaufklettere bis ganz oben hin, so ist das 'ne schwere Sache, die nicht jeder kann. Dafür muß ich einen Preis bekommen."

„Nun, dann will ich mal sehen, ob du einen Preis bekommst. Preise gibt es nur für gute Leistungen."

„Onkel Oberförster, ich leiste was Gutes!"

„Ich muß nun weitergehen, Pucki. Wo sind denn deine Freunde, die drei Niepelschen Rangen?"

Die Kleine steckte den Finger in den Mund. „Ich weiß es nicht. Wenn du durch den Wald gehst, rufe mal recht laut. Vielleicht sind sie irgendwo."

Der Oberförster nahm Pucki die Hand aus dem Mund und blickte mißbilligend darauf nieder.

„Wie siehst du denn aus, Pucki? Soll ein so großes Mädchen wie du noch immer an den Fingern lutschen?"

Pucki betrachtete sorgenvoll ihre Fingerchen. Die sahen auch jetzt wieder nicht gerade sauber aus, und besonders der Besuch im Schweinestall war mit schuld daran.

„Na, dann will ich mal heimgehen und mir die Hände waschen", meinte Pucki.

„Pfui, du Ferkel! Aber nun lauf rasch heim, ich muß in den Wald. Der Claus wird von nun an öfter deine Hände ansehen."

„Ist es eine schlimme Tat, Onkel Oberförster, wenn ich schmutzige Hände habe?"

„Bei kleinen Mädchen ist das sehr schlimm."

Minna wunderte sich sehr, als Pucki sich in der Küche dreimal nacheinander die Hände wusch.

„Sind sie nun sauber, Minna?"

„Blitzsauber, Pucki."

„Jetzt wasche ich mir immerzu die Hände."

Dann ging Pucki ins Kinderzimmer, knüpfte seufzend einen kleinen Beutel auf, in dem schwarze Bohnen lagen, nahm eine heraus und warf sie ins Himmelskästchen.

„O weh", sagte sie, „es sind schon recht viele drin. Bis Weihnachten, wenn der große Claus nachsehen will, ist es noch so lange – –"

Währenddessen ging Oberförster Gregor durch den Wald. Lauschend hob er plötzlich den Kopf. Was war das für ein Stimmengewirr?

„Du bist verrückt!"

„Quatsch, ich weiß es besser, ich habe es doch gelesen!"

„Du weißt gar nichts!"

„Au, laß mich los!"

Wenn ihn nicht alles täuschte, waren das wieder einmal die Niepelschen Knaben, die sich wie immer rauften. So schritt er mitten durch den Wald, den Stimmen nach, und erblickte auch bald die drei Buben. Der eine trug eine Wäscheleine über der Schulter, der zweite einen Rucksack, aus dem Stroh herausschaute. Der dritte hatte in einem Tuch etwas eingewickelt und klemmte diese Rolle unter den Arm.

Oberförster Gregor zog die Stirn kraus. Was wollten die Jungen mit einer Leine und Stroh im Walde? Er verhielt seine Schritte. Paul schickte sich soeben an, die Leine an einen Baum zu binden, dann ging er zu einem zweiten Baum und knüpfte hier ebenfalls die Leine fest. Inzwischen zog Walter aus dem Rucksack das Stroh. Dann kam ein dickes Buch zum Vorschein, das auf den Waldboden gelegt wurde. Als Fritz sich zu entkleiden begann, trat der Oberförster hervor.

„Was macht ihr hier?“ fragte er streng.

„Da kommt schon wieder einer, der uns stört“, rief Paul böse.

„Was soll das Stroh im Walde?“

„Das brauchen wir.“

„Um Feuer anzumachen?“

„Nein!“

„Kramt mal die Streichhölzer aus den Taschen.“

„Wir haben keine Streichhölzer“, meinte Walter.

„Warum bindet ihr die Leine um die Bäume?“

„Das brauchen wir nicht zu sagen, das wird eine Überraschung. Herr Hupfer hat gemeint, wir brauchen es nicht zu verraten.“

„Und ich dulde es nicht, daß ihr hier im Walde dummes Zeug macht. Ihr habt auf eures Vaters Grund und Boden Platz genug. Das Stroh wird sofort wieder eingepackt und heimgenommen und die Leine abgebunden. Wenn ich euch noch einmal bei solchen Dummheiten treffe, sage ich es eurem Vater.“

„Das sind keine Dummheiten“, maulte Paul, „das ist Training.“

„Warum sagt ihr mir nicht, was ihr hier macht?“

„Weil es eine Überraschung wird", erwiderte Paul trotzig.

„Ihr packt die Überraschung sofort zusammen. – Los!"

Alle drei murmelten Unverständliches vor sich hin. Paul legte die Leine zusammen, und Walter stopfte das Stroh in den Rucksack, während Fritz sich eiligst entfernte. Paul und Walter warfen ärgerliche Blicke auf den Oberförster, dann folgten sie dem Bruder.

„Hallo!"

Keiner der Knaben wandte sich um.

„Ihr habt hier etwas vergessen", rief der Oberförster.

Aber keiner der Jungen kehrte um. So blieb dem Oberförster nichts anderes übrig, als das dicke Buch aufzuheben. Es war ein Sportbuch und gehörte dem Niepelschen Hauslehrer.

„Solche Bengels!" Gregor mußte den Weg zum Niepelschen Gutshause noch einmal machen. Glücklicherweise traf er unterwegs den kleinen Kastenwagen. Er bat den Kutscher, er möge Herrn Hupfer das Buch abgeben.

„Ich fahre erst nach Rahnsburg, Herr Oberförster", sagte der Kutscher, „ich komme erst in einer Stunde zurück."

„Das wird nichts schaden." – –

Währenddessen war der Hauslehrer ins Gutshaus gekommen und auf sein Zimmer gegangen; er wollte im Sportbuch etwas nachlesen. Er wußte genau, daß er das Buch auf dem Tisch hatte liegen lassen. Es war verschwunden. Die drei Knaben, die öfters das Buch benutzt hatten, waren auch nirgends zu finden. Anscheinend hatten sie es mitgenommen.

Aber noch etwas anderes vermißte Herr Hupfer. Er suchte vergeblich nach den vier Paar Strümpfen, die ihm das Hausmädchen gestern neu gewaschen zurückgebracht hatte.

So ging er hinunter in die Küche. „Frieda, haben Sie die Strümpfe nochmals an sich genommen?"

„Ach Gott, Herr Hupfer, jetzt kommen Sie auch noch. Eben hat mich der Herr nach seinen Strümpfen gefragt, und Paula sucht die lange Wäscheleine. Es scheint heute alles verhext zu sein."

Herr Hupfer ging zurück in sein Zimmer, durchsuchte seinen Schrank noch einmal genau, aber die vier Paar Socken blieben verschwunden.

Das Sportfest

Auf den letzten Sonntag im Juli war das Sportfest bei Niepels angesetzt. Bereits am Sonnabend zeigte der Himmel ein strahlendes Blau. Freundlich lachte die Sonne auf die Koppel, auf der emsig gearbeitet wurde.

Gutsbesitzer Niepel wollte den Kindern ein wirkliches Freudenfest bereiten. Er hatte außer den verschiedensten Sportgeräten noch eine Bude aufschlagen lassen, in der sich die Kinder ausruhen konnten. An jedem Ende der Koppel waren Bänke aufgestellt, denn Herr Niepel rechnete damit, daß zahlreiche Zuschauer und die Eltern der mitwirkenden Kinder herauskommen würden, um dem Feste beizuwohnen. Man sah einen Barren, einen Rundlauf und ein stehendes Reck. In der Bude lagen mehrere Holzbalken, die als Hindernisse für die Laufstrecke dienen sollten. Sogar ein kleiner Zaun fehlte nicht, über den die Schnelläufer beim Hindernisrennen klettern sollten. Für den morgigen Sonntag war noch das Aufstellen der hohen Kletterstange geplant, an deren oberstem Ende ein Kranz befestigt war, der mit Beuteln voller Süßigkeiten behängt werden sollte. Herr und Frau Niepel, die Familie des Oberförsters, der Apotheker und Fräulein Caspari hatten Leckereien für den Kranz gestiftet.

Hauslehrer Hupfer hatte einen schweren Stand. Die Drillinge ließen ihm keine Ruhe. Tausend Fragen wurden an ihn gestellt; die Jungen kamen mit immer neuen Forderungen.

„Das ist ja alles nischt“, sagte Paul endlich, „wir brauchen noch eine Reitbahn, einen Schießstand und eine glatte Rollschuhbahn. Auch müßte ein Teich vorhanden sein, denn Schwimmen gehört zum Sport.“

„Wir haben reichlich genug, Paul. Macht ihr eure Sache nur recht gut, dann wird es auch ohne eure Wünsche ein hübsches Sportfest.“

„Es wird wirklich was Großartiges, aber nur, weil wir – na, das ist unser Geheimnis.“

„Höre, Paul, mir kommt es vor, als hättet ihr eine besondere Überraschung.“

Paul wandte dem Hauslehrer den Rücken und lief davon.

Aber auch im Forsthause Birkenhain war keine Ruhe mehr. Pucki konnte kaum den Sonntag erwarten. Und als der ersehnte Tag endlich anbrach, wollte sie schon am frühen Morgen hinaus nach dem Niepelschen Gute.

„Der Wagen ist um einhalb zwei Uhr in Rahnsburg und holt Fräulein Caspari und die kleinen Tänzerinnen ab“, sagte Frau Sandler. „Dann fährt er hier vor und holt uns.“

„Wenn er doch erst käme!“

Die beiden Kinder hatten in den letzten Tagen manche geheime Beschäftigung. Sie äußerten wiederholt, daß sie einen besonderen Spaß für das Sportfest vorbereiteten.

„Ach, Mutti, wir haben schon viel geübt. Es wird herrlich! Der Harras ist ein sehr liebes Tier.“

„Der Harras kommt aber nicht mit, Pucki.“

Das Kind machte ein entsetztes Gesicht. „Der Harras ist doch die Hauptsache, Mutti, der muß mit, sonst geht es nicht.“

„Aber Pucki!“

„Mutti, Mutti“, bat Pucki erregt, „wenn der Harras nicht mitkommt, können wir alles nicht machen.“

So wurde schließlich die Erlaubnis erteilt. Förster Sandler wollte, nachdem er ein Stündchen dem Turnen der Kinder zugeschaut hatte, mit dem Hunde wieder heimgehen.

Hätte Pucki gewußt, daß auf der Koppel Claus Gregor und sein jüngerer Bruder Eberhard emsig bei der Arbeit waren, um eine kleine Schießbude zu errichten, dann wäre sie auch ohne Erlaubnis der Eltern nach dem Gute gelaufen, um den Freunden zuzusehen. Oberförster Gregor meinte, daß zu einem Sportfest eine Schießbude unbedingt gehöre. Claus hatte sich erboten, die Aufsicht zu übernehmen und die Gewehre selbst zu laden, damit kein Unglück entstände.

Endlich war es so weit. Der festlich geschmückte Leiterwagen hielt vor dem Forsthause. Acht kleine Mädchen saßen mit Fräulein Caspari darin. Jedes Kind trug einen Pappkarton, in dem sorgsam ein Dirndlkleid verpackt war. Fräulein Caspari hatte Mühe, die unruhige Kinderschar in Ordnung zu halten.

Pucki und Rose brachten einen Puppenwagen aus dem Hause.

„Was soll der Wagen?“ fragte Frau Sandler.

„Laß nur, Mutti, den brauchen wir für die Vorstellung.“

Rose trug auf dem Arm den gelben Kater, den geliebten Peter.

„Soll der auch mit?“

„Den brauchen wir auch!“

Dann kamen noch die große Puppe und mehrere Pappschachteln auf den Wagen. Schließlich pfiff das Kind nach dem Harras, der mit einem Satz mit auf den Leiterwagen sprang, zur Freude aller Kinder.

Unter Lachen und Scherzen kam man auf dem Niepelschen Gute an. Es gab eine laute, stürmische Begrüßung. Die Drillinge schrien den Ankommenden entgegen, was alles für Vorbereitungen getroffen wären, und dann gingen alle auf den Sportplatz. Die hohe Kletterstange erregte sogleich Puckis Interesse.

„Da komm' ich schon 'rauf", stellte sie prüfend fest. „Was dort oben hängt, hole ich mir."

Man zögerte nicht lange mit dem Beginn des Sportfestes. Aus Rahnsburg und dem Dorf, das in der Nähe des Gutes lag, hatten sich zahlreiche Zuschauer eingefunden. Die aufgestellten Bänke waren dicht besetzt. Pucki begrüßte den Oberförster mit seiner Familie und flüsterte Claus zu, daß sie alles von der Stange herunterreißen würde.

Herr Hupfer eröffnete die Veranstaltung, indem er dreimal klingelte und eine kurze Ansprache hielt. Sport sei heute für die Jugend unerläßlich, sagte er, und alle Knaben und Mädchen sollten ihr Bestes hergeben, damit man sähe, daß sie mit Lust und Liebe bei der Sache wären.

Die Knaben trugen Turnanzüge und ebenso die Mädchen. Nur die, welche am Volkstanz beteiligt waren, hatten sich in ein Zelt zurückgezogen, in dem sie sich unter Aufsicht von Fräulein Caspari umkleideten. Sie trugen alle hübsche, bunte Dirndlkleider.

Die Knaben kamen zuerst an die Reihe. Sie zeigten ihr Können an Reck und Barren. Mitten auf der Koppel stand Herr Hupfer und leitete die Vorführungen. Er hatte seine helle Freude an den Leistungen, denn seine drei Zöglinge zeigten sich heute von der besten Seite.

Dann kam der Volkstanz. Es war ein reizendes Bild, die acht Mädchen so frisch und fröhlich tanzen zu sehen. Ihre Leistungen wurden laut beklatscht. Sie sangen zu ihrem Tanz ein altes Bauerntanzlied.

Claus Gregor schaute sich nach Pucki um. Sie war verschwunden, und Rose fehlte auch. Man wollte gerade zum Dauerlauf antreten, als das Hausmädchen an den Hauslehrer herantrat und ihm etwas zuflüsterte. Herr Hupfer klingelte.

„Mit dem Dauerlauf warten wir noch ein wenig. Försters Pucki und Rose Scheele wollen uns nun durch eine besondere Überraschung erfreuen."

Vom Gutshause her bewegte sich ein eigenartiger Zug. Ein Puppenwagen wurde von einem Jagdhunde geschoben, der brav auf den beiden Hinterpfoten ging. Rechts und links neben dem Wagen schritt je ein kleines Mädchen, das einen Blätterkranz trug. In den Händen hielten die beiden je ein Windrädchen, das sich lustig drehte. Die Windrädchen hatte Rose Scheele aus buntem Papier gefertigt. Beim Näherkommen der Gruppe sah man im Kinderwagen eine Katze liegen, die ein rosa Jäckchen trug.

„Der Kater mit den Sachen der kleinen Agnes!“ rief Frau Sandler entsetzt.

Herr Niepel brach in lautes Lachen aus. Der kleine Zug, der sich langsam an den Bänken vorbei bewegte, sah entzückend aus. Erst jetzt waren alle Einzelheiten zu sehen. Harras, der kluge, gutmütige Hund, war am Schwanz mit einer leuchtend roten Schleife geschmückt, und auf den Kopf hatten ihm die Kinder eine Haube gesetzt, die mit Bändern unter dem Maul zusammengebunden war. Eine Schärpe aus grünen Blättern vervollständigte seine Ausrüstung. Der Kater lag regungslos im Wagen.

Ein lautes Gelächter brach los. Puckis Augen glitten erfreut über die Anwesenden. Die viele Mühe, die sich Rose und sie selber gemacht hatten, wurde heute belohnt; alle fanden diese Vorführung äußerst reizvoll. So fuhr der Puppenwagen mehrmals hin und her, bis der Kater schließlich aus dem Wagen sprang und unter hellem Lachen der Zuschauer über den Sportplatz lief. Das schien auch für Harras das Zeichen zu sein, seine Rolle als Kindermädchen zu beenden. Er lief mit langen Sprüngen hinter Peter her. Trotzdem beklatschten alle den Einfall der beiden Mädchen lebhaft. Sie konnten viel Lob dafür einheimsen.

Sehr bald waren Rose und Pucki zum Sportplatz zurückgekehrt. Nun konnte es an den Dauerlauf gehen. Pucki, die immer wieder zur großen Stange hinüberschaute, vertrödelte damit viel kostbare Zeit und wurde eine der Letzten. Dagegen erhielt Rose Scheele einen Preis.

Das Hindernislaufen fiel für Pucki noch schlechter aus. Sie stolperte sogar über einen Balken und lag auf der Nase. Hier wurde Martin der Sieger, der mit einem Satz über den Zaun sprang. Er erhielt als Preis das längst ersehnte Taschenmesser.

Wieder klingelte Herr Hupfer, denn die Kaffeepause war gekommen.

„Jetzt wird bei Kaffee und Kuchen ausgeruht, dann geht es ans Klettern und ans Reiten für die Kleinen. Dann folgt das Geräteturnen und zum Schluß eine Überraschung meiner Zöglinge, von der ich selber nicht weiß, was es sein wird."

„Und das wird das Feinste", schrie Paul. „Alles, was gewesen ist, war doch nichts", flüsterte er Martin zu.

„Nach Schluß des Sportes dürft ihr euch an der Würfel- und Schießbude belustigen. Auch stehen zwei Pferde zur Verfügung. Da wir aber ein Sportfest veranstalten, wollen wir während des Kaffeetrinkens noch ein wenig Denksport treiben und Rätsel aufgeben. Ein jeder, der ein hübsches Rätsel weiß, darf es sagen."

Alle riefen durcheinander, denn jeder wußte ein Rätsel. So hatte Herr Hupfer Mühe, wieder Ordnung in die aufgeregte Kinderschar zu bringen. Es gelang ihm jedoch bald.

„Es ist meines Wissens das erstemal", sagte Frau Niepel zu Frau Gregor, „daß eine Veranstaltung so nett und friedlich verläuft wie das Sportfest. Nicht einen einzigen Mißklang hat es bisher gegeben."

„Ihr Hauslehrer scheint ein äußerst tüchtiger Herr zu sein."

„So folgsam und brav wie heute sind meine drei Jungen noch nie gewesen. Wir werden mit Freuden an den heutigen Tag zurückdenken."

„Wir sind noch nicht zu Ende", sagte der Oberförster, „erst heute abend können wir uns über den Verlauf des Sportfestes freuen."

„Sie sehen doch, wie alles klappt. Meine Jungen haben heute keine Neigung zu tollen Streichen."

„Was wird das denn für eine Sonderüberraschung, die die drei planen?"

„Das weiß ich nicht, Herr Oberförster", erwiderte Frau Niepel.

Während des Kaffeetrinkens wurden Rätselfragen gestellt.

„Was ist schwerer“, fragte Rose, „ein Pfund Eisen oder ein Pfund Bettfedern?“

„Eisen“, riefen mehrere. „Ach, das ist aber ein leichtes Rätsel!“

„Falsch“, sagte Rose.

„Rede doch keinen Quatsch“, rief Paul. „Eisen ist immer schwerer.“

Rose lachte. „Nein, ein Pfund ist eben ein Pfund. Man muß nur recht viel Bettfedern nehmen, um ein Pfund zu haben. Beides ist gleich schwer.“

„Ach so“, sagte Paul. „Ist das ein dummes Rätsel! Ich werde euch ein anderes aufgeben. – Wie wird der Neger, wenn er ins Rote Meer fällt?“

„Rot“, piepste Dora.

„Nein, weiß“, rief Waltraut. „Dann geht doch aller Schmutz von ihm ab.“

„Er bleibt schwarz“, sagte Pucki. „Das ist ihm doch angewachsen.“

„Hahaha, seid ihr dumm“, lachte Paul, „der Neger wird naß, wenn er ins Rote Meer fällt. Das Rote Meer ist doch ein großes Wasser.“

„Nun will ich euch mal ein Rätsel aufgeben“, rief der Hauslehrer. „Paßt gut auf. Auf einem Dach sitzen sieben Schwalben. Wenn ich drei davon herunterschieße, wieviele bleiben noch sitzen?“

„Du darfst keine Schwalben schießen“, rief Pucki aufgeregt. „Das ist eine ganz schlechte Tat. Schwalben darf niemand schießen.“

„Nun ja, Pucki, da hast du recht. Also waren es keine Schwalben, sondern Sperlinge.“

„Die kleinen Sperlinge haben dir auch nichts getan. Die kannst du ruhig auf dem Dach sitzen lassen.“

„Nun sei man still, kleine Plaudertasche, und lasse die anderen raten.“

„Das ist ja viel zu leicht“, rief Wanda Meister, „wenn sieben auf dem Dache sitzen und drei heruntergeschossen werden, bleiben vier Schwalben sitzen.“

„Nein, drei!“ rief ein anderes Mädchen.

„Kannst du aber schlecht rechnen! Es bleiben bestimmt vier."

„Es bleibt gar keine Schwalbe sitzen", sagte Herr Hupfer, „die anderen fliegen fort, wenn ich schieße."

„Das machen sie ganz recht", sagte Pucki. „Wenn einer mit einem Schießgewehr kommt, wissen sie schon, daß er ihnen was tun will."

„Und nun übt einmal eure kleinen Zungen", sagte Fräulein Caspari, „versucht einmal recht schnell den folgenden Satz zehnmal nacheinander zu sagen: Zwischen zwei Zwetschgenbäumen zwitschern zwei Schwalben."

Da ging ein Gezwitscher los, daß den Erwachsenen die Ohren dröhnten. Sie beteiligten sich schließlich auch alle an der Aufgabe, die nicht recht glücken wollte.

„Nun sage du es mal, großer Claus."

Der begann sofort: „Zwischen zwei Zwetschgenbäumen zwitschern zwei Schwalben. – Zwischen zwei Zwetschgenbäumen schwitzen zwei Schwalben – –"

„Hahaha", lachte Pucki, „das ist ja falsch, großer Claus."

„So sage du es doch richtig."

Doch Pucki versprach sich schon bei den ersten Worten.

„Versucht es erst einmal mit einem leichteren Satz", meinte Fräulein Caspari. – „Hört zu: Ulm ist eine große Stadt in Süddeutschland. Nun sagt einmal: In Ulm, um Ulm und um Ulm herum."

Abermals wurde unter Gelächter der Satz vollkommen verdreht. Noch lange versuchte die Kinderschar die Sätze nachzusprechen, es gelang aber nicht. Da eilte Pucki zu Herrn Hupfer.

„Ich bin satt. – Geht es nicht bald weiter?"

„Jawohl, mein Kind, nun kommt bald das Klettern an der hohen Stange."

„Na endlich!"

Wieder ging es hinaus zum Sportplatz. Die Reihenfolge der Kletterer wurde durch das Los entschieden. Pucki hatte die Nummer vier gezogen. Der erste Knabe kam fast bis an die Spitze der Stange, dann rutschte er ab. Thusnelda konnte es gar nicht. Ihr folgte Fritz Niepel, der glücklich die Spitze erklomm, oben eine Tafel Schokolade abriß und unter dem Beifall der Zuschauer wieder herunterrutschte. Pucki, die schon an der Stange stand, wurde von Fritz kräftig getreten, doch das hemmte ihren Eifer nicht. Nun klomm das kleine Mädchen mit unglaublicher Gewandtheit an der glatten Stange empor und erreichte den Kranz mit den Süßigkeiten. Man klatschte lebhaft Beifall. Pucki riß ein Säckchen nach dem andern ab und warf es hinab.

„Genug, Pucki", rief Herr Hupfer, „nur *ein* Stück, andere wollen auch etwas haben."

Aber Pucki hörte nicht. Unentwegt plünderte sie den Ring, bis nicht ein Stück mehr an dem Kranz hing. Zwei Knaben begannen zu schimpfen, eines der Mädchen weinte, und Paul lief zur Stange und nahm zwei der heruntergeworfenen Beutelchen an sich.

„Halt", gebot ihm Herr Hupfer. „Pucki bekommt einen Beutel, die anderen bleiben als Preise für die Sieger liegen. Ihr werdet der Reihe nach versuchen, an der Stange hinaufzuklettern. Wem es gelingt, mit einer Hand den Kranz zu berühren, der bekommt eines der Säckchen."

Dann sammelte er die Beutelchen auf.

Pucki kam blitzschnell heruntergerutscht. „Gib nur her", meinte sie, „ich habe sie abgerissen."

„Nein, Pucki", sagte der Hauslehrer, „ich habe vor Beginn gesagt, daß jeder nur ein Säckchen abreißen darf."

„Ich bin so rasch 'raufgeklettert, wie es die anderen nicht können."

„Das ist einerlei, du bekommst nicht mehr."

Da ging Pucki schmollend zur Seite.

„Das hast du aber gut gemacht, Pucki", rief der Oberförster, „ich habe noch nie ein Mädchen so gut klettern sehen wie dich."

„Und ich hab' doch nur ein Säckchen bekommen."

„Dann suche mal in meinen Taschen, kleines Mädchen."

Sofort fuhren Puckis Hände in eine der Taschen, aus der eine Tafel Schokolade zum Vorschein kam.

„Du bist viel netter, Onkel Oberförster, als der Hauslehrer."

Die Kletterei an der Stange war beendet. Nur wenigen Kindern war es gelungen, den Kranz zu erreichen. Nun begann das Reiten für die Kinder, die sich am Klettern nicht beteiligt hatten. Zwei Ponys wurden auf den Sportplatz geführt, und dann kam noch etwas Seltsames. Alle Kinder machten lange Hälse. Herr Hupfer führte an einem Strick ein Dromedar.

Das Tier sah wirklich reizend aus! Herr Hupfer hatte dazu vier Kinder genommen, ein größeres und drei kleinere. Das größte der Kinder wurde vornean gestellt, das zweite und dritte Kind gingen hinter dem ersten her und hielten sich mit den Händen am Vordermanne fest. Das vierte Kind mußte den Kopf senken, die Hände auf dem Rücken zusammenlegen und damit einen Federbesen festhalten, der den Schwanz vorstellte. Allen Kindern waren graubraune Strümpfe angezogen worden. Dann wurde die kleine Gruppe mit einer großen, hellbraunen Decke überdeckt. Die Köpfe des zweiten und dritten Kindes bildeten die Höcker, die noch ein wenig ausgepolstert worden waren. Der Kopf des Dromedars war von Herrn Hupfer selbst angefertigt worden. Er war mit Heu ausgestopft, und Augen und Maul waren aufgemalt. Dann wurde das Tier angeschirrt, und nun kam das Ungetüm langsam auf den Sportplatz. Die Kleinen fürchteten sich anfangs, doch die größeren Kinder begannen sogleich das Ungetüm zu necken. Sie ließen aber davon ab, als Hupfer warnend mit dem Finger drohte.

„Ich staune über meine Kinder", sagte Frau Niepel.

„Dieses Sportfest wird noch lange in angenehmster Erinnerung bleiben."

Auf den Ponys begann ein lustiges Reiten; dann wurden die Tiere wieder fortgeführt. Noch einmal gab es Darbietungen an den Turngeräten, dann klingelte Herr Hupfer wieder und sagte, es würde nun eine kleine Pause eintreten, weil Paul, Walter und Fritz einige Zeit zur Vorbereitung ihrer Überraschung haben müßten. Inzwischen sollten sich die Kinder an der Schieß- und Würfelbude belustigen.

Auch hier ging alles ruhig ab. An der Würfelbude stand Fräulein Caspari und händigte den Gewinnerinnen kleine Geschenke aus. Pucki stand nur an der Schießbude. Sie wollte dem großen Claus durchaus helfen, die Gewehre zu laden, doch er erlaubte es nicht.

„Ich bin doch ein Försterskind", meinte sie.

„Schießgewehre dürfen Mädchen unter sechzehn Jahren nicht in die Hand nehmen."

„Ich möchte aber auch einmal schießen."

Sie versuchte es, traf jedoch nicht einmal die Scheibe, weil sie zum Sportplatz hinüberschielte, auf dem merkwürdige Vorbereitungen getroffen wurden. Zwei Knechte des Gutes ließen in den Erdboden vier lange Stäbe ein. Das abgesteckte Quadrat wurde daraufhin mit Seilen verbunden. Über das Gesicht des Hauslehrers huschte ein Lächeln. Die Vorbereitungen ließen darauf schließen, daß die Knaben einen Boxkampf planten. Vom Boxen hatten die drei keine Ahnung, denn Herr Hupfer war der Ansicht, daß zehnjährige Knaben dafür noch nicht reif wären. Woher sie überhaupt die Idee hatten, war ihm unklar. Jedenfalls würde es ein recht eigenartiger Kampf werden. Hoffentlich gab es nicht zu viele blaue Flecken.

Nach kurzer Zeit erschien das Hausmädchen und bat Herrn Hupfer, er möge auf das Grammophon eine Marschplatte legen und klingeln.

Die Zuschauer nahmen wieder auf den Bänken Platz und harrten der Dinge, die da kommen sollten. Der Marsch begann. Da kamen im Gänsemarsch die Drillinge angeschritten. Voran Fritz, der kleinste. Er war nur mit Turnhose und Sandalen bekleidet. Ihm folgte Walter. Herr Hupfer verbiß sich das Lachen. Auch Walter und Paul hatten nur die Turnhose angelegt, aber die Hände steckten in Männersocken, die dick mit Stroh ausgestopft waren. Die Strohwülste waren um die Handgelenke mit Bändern festgebunden. Auch die Knie waren geschützt. Breite Stoffstreifen waren mehrmals darumgewickelt, die oberhalb und unterhalb des Knies mit Bindfaden befestigt waren.

In dieser sonderbaren Aufmachung schritten die drei Knaben, stolz erhobenen Hauptes, nach den Klängen des Grammophons um den abgesteckten Kampfplatz zweimal herum. Dann krochen sie unter den Seilen in das Innere des Kampfplatzes.

Während sich Walter und Paul gegenüberstellten und die Arme verschränkten, winkte Fritz, der den Ringrichter darstellte, eines der Mädchen heran, das ihm einen Henkelkorb reichte. Er stellte den Korb neben sich, wühlte darin herum und fand nach längerem Kramen das Gesuchte: eine Trillerpfeife. Darauf legte er über eins der Seile zwei Servietten und stellte eine Flasche zu seinen Füßen nieder.

„Klingeln“, schrie Fritz Herrn Hupfer zu.

Der klingelte lange.

„Meine geehrten Herrschaften“, rief Fritz, „sogleich beginnt der große Boxkampf zwischen den berühmtesten Boxern der Welt! Sie sehen hier – “ er wies auf Walter – „den großen Boxer Schmeling, und hier“ – er wies auf Paul – „den kraftvollen Boxer Paolino. Die beiden werden jetzt miteinander kämpfen. Ich, als Ringrichter werde entscheiden, wer k. o. ist. Wertes Publikum, Sie sollen die Boxer durch Beifallsäußerungen anfeuern, damit es ein harter Kampf wird.“

„Ach Gott, wenn die Jungen nur keine Dummheiten machen!“ sagte Frau Niepel.

Herr Hupfer, der auf der dritten Bank Platz genommen hatte, erhob sich und trat in die Nähe des abgesteckten Kampfplatzes.

„Und nun, meine Herrschaften“, rief Fritz erneut, „gebe ich mit der Pfeife das Zeichen zur ersten Runde.“

Ein schriller Pfiff ertönte. Paul und Walter rannten aufeinander zu, hoben die gut gepolsterten Fäuste und schlugen aufeinander ein. Fritz schaute den beiden Kämpfenden mit Kennermiene zu.

„Du mußt nicht so frech hauen", rief Walter plötzlich und versuchte Paul von hinten zu überfallen.

Ein Pfiff. „Von hinten darfst du nicht kommen. – Meine Herrschaften, die erste Runde ist beendet. Walter hat einen Punkt."

Fritz warf die Pfeife zu Boden, nahm dann in jede Hand eine Serviette und schwenkte sie vor den beiden Brüdern hin und her.

„Braucht einer Stärkung?" erscholl wieder die Stimme Fritzens.

Herr Niepel und der Oberförster lachten. „Ihr Donnerwetterjungens, der Schmeling kann es nicht besser machen. Nun aber feste los, tüchtig Schläge austeilen."

Fritz pfiff erneut. „Meine Herrschaften, die zweite Runde beginnt."

Diesmal schlugen die Knaben schon heftiger aufeinander los, einmal bekam sogar Fritz einen Schlag vor den Kopf.

„Du, Dussel, ich bin doch der Ringrichter!" schrie er und versetzte Walter einen Stoß in die Seite, daß dieser auf die Erde flog.

„Hallo", rief Oberförster Gregor lachend, „Herr Ringrichter, der Nierenschlag ist verboten!"

Schon hockte Paul neben Walter auf dem Boden und bearbeitete ihn mit seinen Boxhandschuhen.

„Eins – zwei – drei –" zählte Fritz. Er wurde im Zählen immer schneller und hastete die Zahlen sieben, acht, neun, zehn immer schneller herunter. „Aus –, die zweite Runde ist zu Ende!" Damit riß er Paul von dem noch immer am Boden liegenden Walter los.

„Schade, nun ist der Kampf schon beendet. Er war so schön", lachte Herr Niepel.

„Kein Gedanke! Jetzt kommt doch die dritte Runde“, rief Fritz, „der Kampf ist noch unentschieden. – Gleich geht es wieder los!“

Da war Walter auf Paul eingedrungen, warf den Überraschten auf den Boden und versetzte ihm mit den Boxhandschuhen kräftige Schläge auf den Rücken. Aber Paul machte sich durch einen Purzelbaum frei, und nun gab es einen sehr erregten Kampf. Die Gemüter der Knaben erhitzten sich mehr und mehr. Bald lag Walter, bald Paul auf dem Boden, und Fritz feuerte die Kämpfenden mit dem Ruf an:

„Hau ihn, hau ihn feste!“

Paul war der Überlegene. „Warte nur“, schrie er wütend, „jetzt lande ich einen Kinnhaken!“

Da warf sich Walter mit der ganzen Wucht seines Körpers gegen den Angreifer, und Paul kollerte aus dem abgesteckten Kampfplatz heraus. Walter eilte ihm nach und stieß in seiner Erregung nach ihm. Paul raffte sich auf und eilte davon.

„Holla, Jungens, hübsch zurück in den Kampfring!“

Keuchend kehrten die beiden Meisterboxer zurück. „Das sage ich dir, den Kinnhaken kriegst du doch noch!“

Und plötzlich begann Walters Nase zu bluten. Da klingelte Herr Hupfer.

„Es ist genug!“

Walter blutete heftig aus der Nase. Da kam Pucki herbeigelaufen, ein Taschentuch in den Händen.

„Komm, Walterchen, ich wische dir alles ab. – Ach, du armer, lieber Junge. Hat es sehr weh getan?“

„Laß, Pucki“, sagte Herr Hupfer, „ich gehe mit Walter ins Haus.“

Währenddessen hatte sich Fritz an die Flasche gemacht, nahm sie auf, setzte sie an den Mund und trank voller Behagen das Himbeerwasser, das eigentlich für die beiden Kämpfenden zur Stärkung bestimmt gewesen war.

Währenddessen tröstete Herr Hupfer seinen Zögling. Dessen Nase schwoll ein wenig an.

„Einen Kinnhaken kriegt der Paul doch noch“, sagte Walter, „ich werde ihn schon mal k. o. schlagen.“

„Laßt nur das Boxen sein, Jungens, davon versteht ihr noch nichts.“

„O doch, wir haben viel geübt. Wir haben Ihr ganzes Buch durchstudiert.“

„Jawohl, das habe ich gemerkt. Das Buch habt ihr mir aus dem Zimmer genommen und im Walde liegen lassen. In Zukunft bekommt ihr es nicht wieder.“

„Ach, Herr Hupfer, wir müssen noch viel mehr vom Boxen lernen, denn den Kinnhaken muß ich noch landen, eher habe ich keine Ruhe.“

Auf dem Sportplatz machte Frau Niepel ein sorgenvolles Gesicht. „Es wäre doch gar zu sonderbar gewesen, wenn eine unserer Veranstaltungen ohne Zwischenfall zu Ende geführt worden wäre. Jetzt will ich einmal nach Walter sehen.“

„Aber forsche Jungens sind es doch“, meinte der Oberförster. „Seien Sie ganz ruhig, liebe Frau Niepel, aus den dreien werden mal tüchtige Männer. Sie müssen sich in der Jugend mal die Nase blutig schlagen, sonst wird nichts Rechtes aus ihnen.“

Pucki stand neben dem großen Claus. „Es war sehr schön“, sagte sie. „Besonders gut hat mir das Boxen gefallen. Da wäre ich gern dabei gewesen. – Jetzt lerne ich auch das Boxen.“

„Nein, Pucki, das ist nichts für Mädchen. Das würde mir gar nicht gefallen, Pucki.“

„Soll ich's lieber nicht lernen?“ fragte sie treuherzig.

„Nein – ich möchte, daß du ein liebes und sanftes Mädchen wirst.“

„Ach nein, großer Claus“, lachte das Kind, „ich bin doch der kleine Puck, der wird niemals brav!“

„Das ist sehr schlimm! Da sind wohl schon sehr viele schwarze Bohnen im Himmelskästchen?“

„Leider ja“, kam es seufzend über Puckis Lippen.

„Könntest du mir zu Liebe nicht einmal versuchen, ein wenig artiger zu sein?“

„Ach, großer Claus, ich versuche es so oft.“ Dabei drückte sie dem großen Freunde kräftig die Hand.

Schlimme Taten

Während der großen Ferien, in denen Rose Scheele im Forsthaus Birkenhain weilte, lud Frau Sandler öfters einige Schulkameradinnen Hedis ein. Selbstverständlich sprach man noch lange von dem wunderschönen Sportfest.

„Wir wollen auch noch einmal den Volkstanz tanzen“, sagte Meta Zirl, „ich habe am allerschönsten getanzt.“

„Sie haben alle schön getanzt“, meinte Pucki. „Du willst immer alles am besten machen, Meta.“

„Fräulein Caspari sagte einmal beim Einüben, ich machte es sehr schön. Ich habe auch nicht so dünne Beine wie die Thusnelda.“

„Die Thusnelda ist mir viel lieber als du.“

„Pah, die Thusnelda!“ sagte Meta ein wenig wegwerfend. „Die trägt immer so alte Kleider. Außerdem hat sie geflickte Schuhe. Sieh mal, ich habe schon wieder neue Schuhe.“

„Die Thusnelda ist mir viel lieber als du. Sie hat eben keinen Vater, der ihr alles das kaufen kann. Wenn dein Vater mal tot ist, habt ihr auch das große Kaufhaus in Rahnsburg nicht mehr, dann seid ihr plötzlich auch ganz arm, und du bekommst keine neuen Schuhe mehr.“

„Ich spiele aber nicht gern mit Mädchen, die so schlechte Kleider anhaben.“

„Und ich spiele nicht gern mit solchen Mädchen, wie du bist. Mutti hat gesagt, wer sich auf sein schönes Kleid was einbildet und wer auf Kinder herabsieht, die nicht so schön angezogen sind, der ist ein dummer oder ein schlechter Mensch. – So, Meta, das kannst du dir merken."

„Sei doch froh, daß du noch einen Vater hast, der dir alles kaufen kann", sagte Rose Scheele. „Da wirst du wohl mit mir auch nicht gern spielen, denn wir sind auch arm."

„Doch, mit dir spiele ich gern."

„Na warte", rief Pucki erregt, „eines Tages mußt du auch oben hinauf in die blauen Wolken. Dann holt dich das Männchen mit den beiden Hörnern und klebt dich als Stern an den Himmel."

„Was ist das für ein Männchen?" fragte Meta.

„Du kannst den Wagen am Abend am Himmel ganz deutlich sehen, mit dem das hochmütige Mädchen fahren sollte. Hast du noch nie den Wagen am Himmel gesehen? Eine Deichsel hat er auch."

„Ich habe ihn schon gesehen", rief Rose Scheele. „Wenn abends die Sterne scheinen, sieht man den Wagen ganz deutlich oben am Himmel. Er hat eine lange Deichsel, und unsere Lehrerin sagte: der Polarstern steht immer in der Nähe des Wagens."

„Ich habe noch keinen Wagen am Himmel gesehen", sagte Meta.

„Ja", sagte Pucki, „du guckst nur auf dein schönes Kleid und nicht nach den Blümchen und den lieben Sternlein. Eines Tages wirst du auch ein Stern."

„Warum denn?"

„Weil du so hochmütig bist wie die schöne Prinzessin, die ein so hübsches Gesicht hatte, daß sie sich einbildete, ganz was Besonderes zu sein."

„Ich habe auch ein hübsches Gesicht", sagte Meta.

„Darum wirst du auch bald an den Himmel geklebt werden! Also, die Prinzessin wollte nur den zum Manne haben, der den schönsten

Hochzeitswagen hätte. Er sollte furchtbar glitzern. Eines Tages kam ein König, der hatte einen goldenen, herrlich schönen Hochzeitswagen. Da sollte die Prinzessin einsteigen. Aber sie sagte: „Nein, er glitzert noch nicht genug. Er muß so blinkern wie die Sterne am Himmel." Da reiste der König durch die ganze Welt, um so blitzende Steine zu finden wie die Sterne. Schließlich traf er ein kleines Männchen, das hatte zwei Hörner auf dem Kopf. „Ich will dir helfen", sagte das Männchen, „ich fliege zum Himmel und hole dir die schönsten Sterne herab. Dafür verlange ich deine und der Prinzessin Seele." Der König sagte: „Ja, die kannst du haben."

Um Mitternacht brachte ihm das Männchen vier richtige Sterne, die wurden an den vier Wagenecken angenagelt. Aber der König war damit noch nicht zufrieden und verlangte von dem kleinen Männchen, es möge ihm noch drei Sterne bringen, die er an der Wagendeichsel befestigen wollte. Das geschah. Und nun wurden die Sterne angeschraubt, einer vorn, einer in der Mitte und der dritte hinten in der Nähe des Wagens. Jetzt glaubte der König, daß der hochmütigen Prinzessin diese schöne Brautkutsche gefallen würde. Er fuhr mit dem goldenen Wagen und den blitzenden Sternen vor und sagte: „Nun steig ein, nun heirate ich dich!" Aber die garstige Prinzessin zog die Nase kraus und antwortete: „Wohl sind die sieben Diamanten genau so hell und strahlend wie die Sterne am Himmelszelt Aber heller als diese Diamanten leuchtet die Sonne. Bringe mir einen Diamanten, der so glitzert wie die Sonne, dann will ich dir angehören!"

Sehr traurig ging der König wieder zu dem kleinen Männchen und klagte ihm sein Leid. Da lachte der und verzerrte dabei grimmig sein Gesicht. „Den Diamanten", sagte er, „soll die Prinzessin haben, aber sie muß ihn sich selber holen. Ich werde euer Kutscher sein, ihr steigt in den herrlichen Wagen, und ich fahre euch hin zu dem Diamanten, der so hell strahlt wie die Sonne."

Die Prinzessin war damit einverstanden, denn sie wollte durchaus den Diamanten haben. Kurz vor Mitternacht fuhr der Hochzeitswagen vor, an dem die sieben Sterne hell leuchteten. Das kleine Männchen saß auf dem Kutschbock. Aber kaum war die Prinzessin in den Wagen gestiegen, da hob sich der Wagen mit ihr in die Luft. Immer höher und höher ging der Flug. Da krachte ein fürchterlicher Donner, und eine Stimme rief aus den Wolken: „Nun ist es genug mit dem Hochmut. Glaubt ihr dummen Menschen, ihr könntet mir die Sterne vom Himmelszelt stehlen?“

Darauf entstand ein furchtbares Blasen und Sausen. Der Wagen stürzte um, der Kutscher stieß ein kicherndes Lachen aus, mit der einen Hand packte er den König, mit der anderen die Prinzessin und zog sie hinab in die Hölle. Der Wagen aber stieg immer höher und höher bis in die Wolken. Dort steht er noch heute. Von dem Gold und Silber, mit dem er geschmückt ist, kann man durch die dicken Wolken nichts sehen, aber die sieben Sterne leuchten durch die Wolken hindurch.“

Die Kinder hatten der Erzählung Puckis aufmerksam zugehört.

„Ich habe aber noch keinen Wagen gesehen“, sagte Meta kleinlaut.

„O doch“, rief Rose, „du mußt nur aufpassen! An jedem Abend, wenn die Sterne scheinen, kannst du ihn finden. Einmal hat ihn uns die Lehrerin gezeigt.“

„Hat er auch Räder?“

„Freilich“, meinte Pucki, „es gibt doch keinen Wagen ohne Räder. Die sind aber nur von Gold und Silber, und das blitzt nicht durch die Wolken durch.“

„Dann will ich heute abend den Wagen suchen“, sagte Meta.

„Ich auch“, riefen einige andere Mädchen.

„Es wird schon nicht wahr sein“, meinte Meta. „Du erzählst immer so dummes Zeug, Pucki.“

„Dir erzähle ich überhaupt nichts mehr!“

„Ich fürchte mich“, flüsterte Paula Weinert. „Vielleicht kommt mal an einem Abend solch ein Männchen mit einem Horn zu mir.“

Das Försterskind lachte. „Ach, ich fürchte mich überhaupt nicht. Ich gehe mitten in der Nacht in den Zauberwald zu Pucki und Mucki und zu der Waldfrau. Dann kommen rasch die kleinen Heinzelmännchen und gehen neben mir her. Dann erzählen wir uns was und setzen uns auf einen Baumstamm."

„In der Nacht?" fragte Paula.

„Ja, wenn es so finster ist, daß man gar nichts mehr sieht."

„Aber Pucki", mahnte Rose sanft, „du bist doch noch nie nachts in den Wald gegangen, das würden deine Eltern nicht erlauben. Das darf man auch nicht tun."

„Aber ich würde schon in den Wald gehen, weil ich mich gar nicht fürchte. Der Onkel Oberförster hat auch gesagt, ich bin ein mutiges Mädchen, mich kann man nicht anführen."

„Du hast immer einen so großen Mund, Pucki", sagte Meta ärgerlich.

„Der Onkel Oberförster muß es wissen."

„Eines Tages ist mal ein Gespenst im Walde –"

„Hahaha", lachte Pucki, „der Vati sagt, Gespenster gibt es nicht, das sind nur Märchen. Wenn mal ein Gespenst ankommt, dann gehe ich drauf los und sage: Das ist alles Schwindel."

Vom Garten her erscholl ein lautes Lachen. Pucki sah auf und bemerkte ihren Freund, den Oberförster Gregor. Der schien schon längere Zeit dort zu stehen und den Worten der Kinder zuzuhören. Pucki lief sogleich zu ihm hin.

„Nicht wahr, Onkel Oberförster, ich bin doch ein mutiges Mädchen?"

„Geh mal ins Zimmer, Pucki, und stecke sogleich eine schwarze Bohne ins Himmelskästchen. Sieh dir auch die Blume genau an, die auf dem Deckel aufgeklebt ist. Du weißt schon, welche ich meine."

Pucki senkte den Kopf. Sie wußte genau, daß der Oberförster sie an das Löwenmaul erinnern wollte.

„Du hast doch gesagt", erwiderte sie kleinlaut, „daß man mich nicht anführen kann."

„Na, na", sagte Herr Gregor verschmitzt, „wir wollen mal abwarten."

Später verabschiedete sich der freundliche Herr von den Kindern. Noch am selben Tage gab es in der Oberförsterei ein fröhliches Lachen.

„Es schadet ihr gar nichts", sagte Herr Gregor, „wenn wir sie mal ein wenig anführen, sonst wird der kleine Mund immer größer, und aus dem lieben, kleinen Ding wird ein garstiges Mädchen, das keiner mehr leiden mag."

Schon zwei Tage später wurden Pucki und Rose nach der Oberförsterei eingeladen. Die gesamte Familie war im Garten, als die beiden Mädchen ankamen.

„Nun können wir gleich mit dem Kaffeetrinken und dem Waffelessen beginnen", sagte der Oberförster. „Komm, Pucki, wir holen nur noch Tante Pimpinella herüber. Sie soll auch mitessen."

Pucki lachte herzlich. „Tante Pimpinella, ach, das ist drollig! Was ist denn das für eine Tante?"

„Eine alte, liebe Dame, die am Stock geht. Du mußt sehr nett zu ihr sein, mußt sie auch ganz laut begrüßen, sie hört sehr schwer."

„So schwer wie der Holzhacker?"

„Beinahe so schwer. Nun sei recht artig und zeige, daß du ein liebes Mädchen bist."

„Ja, Onkel Oberförster, das will ich sein."

An der Hand des Oberförsters betrat Pucki das Zimmer, in dem eine dicke Dame auf der Bank am Ofen saß. Sie hatte ein großes Tuch um die Schultern geschlagen und auf dem Kopf ein Spitzenhäubchen. In den Händen hielt sie einen Stock. Das Gesicht der alten Dame war freilich recht merkwürdig. Pucki stellte fest, daß Tante Pimpinella scheußlich aussah. Da sie aber dem Onkel Oberförster versprochen hatte, recht artig zu sein, trat sie vor die alte Dame hin, machte einen tiefen Knicks und sagte laut und deutlich:

„Guten Tag, du liebe Tante!"

Es erfolgte keine Antwort.

„Guten Tag!“ rief Pucki lauter. „Wir wollen jetzt Waffeln essen und kommen, um dich zu holen.“

Die alte Dame rührte sich nicht.

„Vielleicht hilfst du ihr ein bißchen beim Aufstehen, Pucki, ich fasse auch mit an.“

„Sie ist doch so groß und dick“, flüsterte Pucki dem Onkel Oberförster zu, „sie wird mir zu schwer sein.“

„Nimm sie nur vorsichtig am Arm.“

„Willst du nicht ein bißchen aufstehen, liebe Tante? Komm, ich helfe dir!“

Dann faßte Pucki nach dem Arm, der unter dem Tuch hervorschaute, und zog daran. Aus dem Ärmel fiel eine künstliche Hand, die geschickt aus Pappe nachgebildet war. Pucki schrie auf. Da brach der Oberförster in lautes Lachen aus.

„Ein unnützes Mädchen hat einmal behauptet, es ließe sich nicht anführen.“

„Onkel, was ist das?“

Der Oberförster nahm die Maske von der Tante weg. Ein Sofakissen war dahinter.

„Hier hast du die Tante Pimpinella. Wir wollten dir nur einmal beweisen, du kleines, vorlautes Mädchen, was du für einen großen Mund hast. Nun bist du gründlich 'reingefallen. – Hast du denn nicht gesehen, daß das nur eine ausgestopfte Figur ist?“

Pucki senkte das Köpfchen: sie fühlte sich tief beschämt. Es war nur gut, daß keine ihrer Freundinnen zugegen war, sonst hätten sie sie furchtbar ausgelacht.

„Weiß der große Claus von der Tante Pimpinella?“ klang es leise.

„Ja, der große Claus hat die Tante mit angezogen.“

Puckis Gesicht wurde dunkelrot. Am liebsten wäre sie sogleich heimgelaufen und hätte sich vor allen Menschen versteckt. Aber der Oberförster nahm sie in seine Arme und sagte warm und herzlich:

„Denke nur immer an den kleinen Scherz, mein liebes Mädchen, wenn du wieder mal einen gar so großen Mund hast. Es wird dir eine heilsame Lehre sein. Wir meinen es doch gut mit dir. – So, nun komm, der Kaffee wird längst fertig sein, die Waffeln erwarten dich."

Pucki war während des Kaffeetrinkens sehr still. Sie wagte kaum, den großen Claus anzusehen, obwohl er heute ganz besonders herzlich mit ihr sprach. Es war das erstemal, daß Pucki bald nach dem Kaffeetrinken zum Heimgehen mahnte. Rose Scheele wunderte sich darüber, denn Pucki konnte sonst nicht lange genug in der Oberförsterei bleiben. Besorgt blickte sie auf die schweigsame Freundin.

„Willst du vielleicht krank werden, Pucki?"

„Nein!"

„Wir dürfen aber doch noch ein bißchen bleiben."

„Ich möchte heim."

Man ließ Pucki ruhig gewähren. Keiner hielt sie zurück, denn alle wußten, daß diese kleine Lehre, die das Kind soeben bekommen hatte, ihren Eindruck nicht verfehlte.

„Ich begleite euch ein Stückchen", sagte der große Claus beim Abschiednehmen.

„Wir finden allein den Weg", flüsterte Pucki kleinlaut.

„Nein, Pucki, ich bringe euch noch ein Stückchen."

Das Kind sprach auf dem Heimweg nur wenig. Nur als endlich das Forsthaus in Sicht kam, hob es die Augen und sah Claus an.

„Es sind schon so viele schwarze Bohnen im Himmelskästchen", sagte sie stockend, „ich werde heute noch eine dazulegen. – Ach, es ist sehr schlimm."

„Nein, Pucki, heute brauchst du keine schwarze Bohne dazuzulegen."

„Ich bin sehr traurig, großer Claus."

Am Abend wollte Rose durchaus wissen, was der Freundin fehlte, zumal Pucki ganz plötzlich bitterlich zu weinen begann. Als Rose teilnahmsvoll noch weiter in sie drang, trocknete Pucki die Tränen ab, machte ein finsteres Gesicht und sagte:

„Den Onkel Oberförster werde ich auch mal ärgern."

„Pfui, Pucki, du wirst doch den guten Onkel nicht ärgern."

Das Kind schwieg, legte sich ins Bett und schlief bald ein. Doch im Traum erschien ihr noch einmal Tante Pimpinella und drohte ihr mit dem Stock. –

Die Ferien neigten sich dem Ende zu. Auch Rose Scheele mußte ans Abschiednehmen denken. Diesmal würde es nicht so schwer sein wie die beiden ersten Male, denn Rose wußte, daß sie im nächsten Jahre wiederkommen durfte.

„Das ganze Jahr über werde ich mich darauf freuen, daß ich im nächsten Juli wiederkommen darf. Ich denke immerfort an euch und an den lieben Wald. – Wollen wir nicht noch einmal zum Schmanzbauern gehen? Wir werden ihm Blümchen pflücken und mitbringen, denn ich möchte auch diesen guten Leuten Lebewohl sagen."

Pucki stimmte begeistert zu. Sie ging gar zu gern hinüber zur Schmanz, in das hübsche Bauernhaus zu den alten Leuten, die für Pucki und Rose immer eine besondere Leckerei hatten. Die getrockneten Birnen schmeckten daheim lange nicht so gut wie beim Schmanzbauern, und Pucki bekam immer ein ganzes Säckchen davon. – Oh, es war doch zu schön beim Schmanzbauern, in dessen Stube oben an der Decke ein Schiff hing, das in eine Flasche gehext worden war. Und außerdem waren noch allerlei seltsame Tiere da, die der Sohn des Schmanzbauern, der schon oft um die ganze Erde gefahren war, mit heimgebracht hatte. Das alles erregte immer wieder die Aufmerksamkeit der Kinder.

Nun wanderten die beiden Hand in Hand durch den Wald. Förster Sandler hatte die beiden Mädchen ein großes Stück Weges begleitet.

„Recht artig und bescheiden sein, Pucki!"

Sie nickte. Unterwegs pflückten die Kinder allerlei Blumen. Dann kam das Bauernhaus in Sicht, und nun ging es im schnellen Lauf darauf zu.

Der Schmanzbauer war im Begriff, das Haus zu verlassen.

„Ich muß aufs Feld. Wenn ihr morgen gekommen wäret, hättet ihr beim Mähen zusehen können. Nun geht mal hinein ins Haus, dort findet ihr eine besondere Überraschung. Es ist Besuch da."

„Dein großer Junge?" fragte Pucki.

„Nein, eine alte, gute Tante."

Pucki warf einen mißtrauischen Blick auf den Schmanzbauern. Von einer lieben, alten Tante hatte auch damals der Onkel Oberförster gesprochen, als er die Tante Pimpinella aus Kissen zusammengestopft hatte. Die Erinnerung an diese beschämende Stunde war in Pucki noch nicht verblaßt.

Die Schmanzbäuerin war in der Küche beschäftigt, um für die Schweine einen großen Topf Kartoffeln zu kochen.

„Geht nur ins Zimmer, Kinder, dort ist eine liebe Tante, die könnt ihr begrüßen."

Rose öffnete zögernd die Zimmertür. Auf der Bank, die den großen grünen Ofen umgab, saß eine Frau. Sie hatte ein graues Tuch um die Schultern gelegt, und in den Händen hielt sie einen Stock. Ihr Gesicht war voller Falten und Runzeln; die Augen hielt sie beim Eintreten der Kinder geschlossen.

Pucki betrachtete die Sitzende nur wenige Sekunden. „Ich hab' mir's gedacht", sagte sie laut, „der Onkel Oberförster hat's erzählt, nun wollen sie mich hier auch anführen." Dann lief sie auf die Frau zu und faßte sie mit der einen Hand an die große Nase.

„Bist du auch ausgestopft?" rief sie dabei.

Ein erschreckter Laut klang durch das Zimmer, und auch Rose schrie angstvoll auf. Was fiel denn Pucki plötzlich ein?

„Mädchen, Mädchen!“ schrie die Alte.

Da ließ Pucki entsetzt los. Das war ein altes, verrunzeltes Gesicht. Das war keine ausgestopfte Puppe, das war wirklich ein Mensch, der auf der Ofenbank saß. Aber genau so hatte beim Onkel Oberförster die Tante Pimpinella auf der Bank gesessen. Genau so hatte sie sich auf den Stock gestützt. Nun war das kein Spaß, sondern bitterer Ernst.

„Du unartiges Mädchen, sollst du eine alte Frau an der Nase fassen?“

Die Schmanzbäuerin kam aus der Küche ins Zimmer gelaufen.

„Ja, was geht denn hier vor?“ rief sie.

„Soll ein Kind eine alte Frau an der Nase ziehen?“

„Aber Mutter Minna, was hat Pucki denn getan?“

„Soll ein Kind eine alte Frau an der Nase fassen?“

Pucki begann jämmerlich zu weinen.

„Was hast du denn gemacht, Pucki?“ fragte die Schmanzbäuerin.

Pucki weinte immer lauter. „Ich habe doch nicht gewußt, daß sie keinen Kopf aus Pappe hat“, klang es stoßweise.

„Was redest du schon wieder für dummes Zeug?“ rief Mutter Minna. „Was soll das heißen?“

„Erzähle doch, Pucki, was hast du denn getan?“ forschte die Schmanzbäuerin. Dann ging sie zum Schrank, holte ein weißes Beutelchen hervor und reichte es der Weinenden.

„Nimm, es sind Backbirnen darin.“

Pucki schüttelte noch immer schluchzend den Kopf.

„So erzähle doch endlich, Pucki.“

Da drückte das Kind den Kopf in die Schürze der Bäuerin und berichtete unter Weinen, daß es geglaubt hätte, die am Ofen sitzende Frau sei wieder eine Tante Pimpinella wie beim Oberförster.

So erfuhr auch Rose, was sich bei Gregors ereignet hatte, und aus welchem Grunde Pucki so still und schweigsam gewesen war.

„Ich bin ein böses Mädchen", schluchzte Pucki, während noch immer die dicken Tränen über ihre Wangen liefen, „ich bin eben ein Puck. Die Waldfrau hat mich verhext. Immer, wenn ich was Schönes machen will, wird es etwas Schlimmes."

„Nein, Pucki, du bist mein liebes Mädchen, nur ein bißchen wild bist du", tröstete die gute Schmanzbäuerin. „Sieh nur, Mutter Minna ist ja jetzt auch nicht mehr böse, seit sie weiß, daß du sie nicht kränken wolltest."

„Ich bin sehr ärgerlich", sagte die alte Frau. „Ein artiges Mädchen geht auch auf eine Puppe nicht so wild los. Außerdem bist du ein ganz dummes Ding, wenn du nicht einmal unterscheiden kannst, was ein Menschengesicht und was eine Papiermaske ist. Solch ein dummes Mädchen ist mir noch nicht vorgekommen!"

Diese Worte stachen Pucki ins Herz. Sie hatte sich bis heute eingebildet, daß sie klüger sei als ihre Freundinnen. Nun sagte ihr die alte Frau, daß sie furchtbar dumm sei. Pucki mußte zugeben, daß sie sich recht dumm benommen hatte.

Der Besuch beim Schmanzbauern war ihr heute gründlich verleidet. Immer wieder schielte sie zu Tante Minna hinüber, die noch immer ein bitterböses Gesicht machte. Heute schmeckten ihr die schönen Backbirnen nicht einmal. Sie lauschte auf Roses Worte, die immer so freundliche Antworten auf alle Fragen gab.

„Kommst du im nächsten Jahr wieder?" fragte die Schmanzbäuerin.

„Ja, Tante Sandler hat mich wieder eingeladen. Oh, ich freue mich so sehr!"

„Ich habe dir wieder ein Paket zusammengepackt, Rosel; das sollst du deiner Mutter und den Geschwistern mitnehmen: Butter, Wurst und Speck."

Roses Gesicht strahlte vor Glück. Jedesmal, wenn sie von der Reise heimkehrte, gab es daheim ein Freudenfest. So gute Sachen, die Rose heimbrachte, sah man auf dem Tisch der Scheeleschen Familie sonst nie. Dort mußte sehr gespart werden.

Beim Heimkommen ins Forsthaus eilte Pucki sogleich zur Mutter. Bisher hatte sie ihre schlimmen Streiche verschwiegen, doch heute bedrückte es sie gar zu sehr. So berichtete sie, was sich beim Onkel Oberförster und was sich heute auf der Schmanz ereignet hatte.

„Ach, Mutti, ich gehe so gern zum Onkel Gregor und zum Schmanzbauern, aber jetzt werde ich mich immer furchtbar schämen müssen, wenn ich sie besuche. Heute abend lege ich schon wieder eine schwarze Bohne ins Himmelskästchen. Ich will ganz gewiß keinen großen Mund mehr haben. – Wenn der große Claus zu Weihnachten kommt, wird das Kästchen ganz voll sein."

„Es wird noch viel Schlimmeres geschehen, mein Kind, wenn du auch weiterhin einen so großen Mund hast. Dann wird dich bald niemand mehr leiden können. Du wirst dann auch keine Freundinnen mehr haben, und die Schulkameradinnen werden sich von dir abwenden."

„Ich möchte doch aber recht viele Freundinnen haben, Mutti."

„Wenn du das willst, Pucki, mußt du viel netter zu deinen Kameradinnen sein. Du mußt dir nicht einbilden, daß du alles am besten weißt und am klügsten bist."

„Ach, Mutti, ich bin dumm!"

„Mit acht Jahren kann ein Kind auch noch nicht klug sein, es kann sich aber Mühe geben, lieb und nett zu sein. Pucki, Pucki, ich fürchte, daß du in einigen Jahren, wenn es so weitergeht, ohne jede Freundin sein wirst."

Da saß nun das kleine Mädchen in seinem Zimmer, das Poesiealbum auf den Knien, und las die vielen Verse, die darin standen. Alle sprachen von

Liebe und Freundschaft. Besonders Roses Vers machte heute einen tiefen Eindruck auf Pucki. Rose hoffte, daß sie mit Pucki fürs ganze Leben Freundschaft halten werde.

„Wenn ich weiter so häßlich bin, können mich alle nicht mehr leiden. – Ich ärgere alle, und ich will doch viele Freundinnen haben!"

Sorgenvoll klappte sie das Album zu. Dann lief sie hinaus zum kleinen Rehkitzlein und streichelte es zärtlich.

„Du hast mich doch lieb, Plüschli? Zu dir bin ich doch gut!"

Das Rehlein leckte Pucki die Hände. Das hob die gedrückte Stimmung des Kindes. Es rief nach Peter, und auch der Kater kam herbei und sprang auf Puckis Nacken.

„Du hast mich auch lieb, das weiß ich. – Unsere Freundschaft wird durchs ganze Leben hindurch dauern. – Und nun noch mein lieber Harras!" Auch nach dem Hunde rief sie. Harras knurrte den Peter an, der auf Puckis Nacken saß.

„Sei gut, lieber Harras, ich will heute alle meine Freunde um mich haben. – Ach, es ist so schlimm, wenn man sich alle Freunde vergrault. – Bin ich wirklich ein böses Mädchen, Harras?"

Der Hund sprang an Pucki empor und wedelte lebhaft mit dem Schwanz.

„Nun komm, Harras", sagte Pucki, „ich will dir zeigen, wie oft ich häßlich war."

Sie ging mit dem Hunde ins Kinderzimmer. Dort nahm sie das Himmelskästchen hervor und öffnete es. Harras neigte den Kopf darüber und beroch die schwarzen Bohnen.

„Sieh mal, Harras", sagte das Kind traurig, „für jede schlimme Tat eine Bohne. Wenn der große Claus zu Weihnachten kommt und so viele schwarze Bohnen sieht, hat er mich vielleicht auch nicht mehr lieb."

Wieder sprang der Hund an dem Kinde empor, stellte eine Pfote auf das geöffnete Kästchen und riß es Pucki aus den Händen. Die schwarzen Bohnen kollerten im Zimmer umher.

„Oh weh, oh weh, meine Bohnen kollern nun in der Stube herum!"

In diesem Augenblick rief Frau Sandler nach Pucki. „Ich komme gleich", antwortete sie, „ich habe nur schnell noch etwas zu tun!"

„Pucki!" tönte es zurück. „Wenn die Mutter ruft, hast du sofort zu kommen."

Da eilte das Kind hinaus, Währenddessen spielte Harras im Zimmer mit den Bohnen. Als er entdeckte, daß sich eine Bohne ganz leicht zerbeißen ließ und sogar gar nicht schlecht schmeckte, verspeiste er eine nach der anderen. Unverdrossen kroch er unter die Betten der Kinder, um neue schwarze Bohnen zu suchen. Wie das in seinem Maul krachte und knackte! So verschwanden Puckis „schlimme Taten".

Zehn Minuten später kehrte Pucki wieder ins Zimmer zurück, um die Bohnen ins Himmelskästchen zurückzulegen. Harras schaute seine kleine Herrin mit listigen Augen an. Zwischen den Zähnen hatte er noch einige Bohnen.

„Was machste denn da, Harras?"

Der Hund kroch schon wieder im Zimmer umher, und Pucki sah, wie er wieder eine schwarze Bohne aufnahm und zerkaute.

Für Augenblicke stand Pucki sprachlos vor dem treuen Hund, dann brach ein helles Jauchzen über ihre Lippen.

„Mutti, Mutti!" Sie eilte hinüber zur Küche.

„Was ist denn geschehen, Pucki?"

„Mutti – Minna!" Pucki konnte vor Glück kaum reden. „Der gute Harras hat meine „schlimmen Taten" gefressen!"

„Was hat der Harras gefressen?"

„Meine schlimmen Taten! Gerade habe ich daran gedacht, was der große Claus wohl sagen wird, wenn er Weihnachten die vielen schwarzen Bohnen in dem Himmelskästchen zählen wird. Da kommt der liebe, liebe Harras und frißt meine schlimmen Taten alle auf. – Mutti, der Harras ist mein allerbester Freund!“

Minna lachte. „Na, Pucki, es wird ja nicht lange dauern, da sind wieder schwarze Bohnen im Himmelskästchen.“

Da eilte Pucki zurück ins Kinderzimmer. Sie kniete neben Harras nieder und umarmte ihn stürmisch. „Ach, du gutes Tier, morgen bekommst du auch meinen ganzen Zucker. Für dich trinke ich den Kaffee ganz bitter, weil du so furchtbar lieb warst.“

Als Pucki die Blicke durchs Zimmer schweifen ließ, sah sie am Stuhlbein noch eine schwarze Bohne liegen.

„Guck mal, Harras!“

Der Hund erhob sich und fraß auch die letzte „schlimme Tat“ seiner kleinen Herrin auf.

Mutterliebe

Der Platz neben Hedi Sandler blieb heute leer – Thusnelda Reichert war nicht zur Schule gekommen.

„Weiß einer von euch, ob Thusnelda krank ist?“ fragte die Lehrerin.

Niemand konnte die Frage beantworten.

„Ich weiß, wo sie wohnt“, sagte Pucki, „ich gehe zu ihr und frage sie.“

„Aber Hedi du kannst doch nicht aus dem Unterricht fortlaufen. Vielleicht kommt Thusnelda noch.“

Die Stunden vergingen, die Klassenkameradin kam nicht. Pucki mußte immer auf den leeren Platz sehen. Die Freundin fehlte ihr. Ob Thusnelda vielleicht auch die Masern hatte? Gestern sah sie aber noch so frisch und vergnügt aus.

Das Försterskind nahm sich vor, sogleich nach Schulschluß in die Nebenstraße zu laufen, in der Thusnelda wohnte. Es konnte den Schluß des Unterrichts kaum erwarten. Heute trödelte es nicht auf dem Schulhof. Es verließ als eines der ersten das Schulgebäude, um zu Thusnelda zu eilen.

Pucki war schon oft in der dürftigen Hinterwohnung gewesen, die Thusneldas Mutter mit ihren fünf Kindern bewohnte. Sie wußte auch, daß Frau Reichert tagsüber selten daheim war, weil sie in fremden Häusern Wäsche wusch. Die Flurtür war nur angelehnt, Pucki schlüpfte in den dunklen Gang. Thusnelda, die die Schritte hörte, kam ihr entgegen.

„Oh", sagte Pucki erstaunt, „du bist gar nicht krank und kommst nicht in die Schule?" Erst jetzt bemerkte die Kleine das verweinte Gesicht der Freundin. „Bist du vielleicht doch krank?" fragte Pucki mitleidig und streichelte Thusneldas Hand.

„Die Mutter – die Mutter", rief Thusnelda, in Tränen ausbrechend. „Heute nacht ist sie plötzlich krank geworden. Wir wissen nicht, was ihr fehlt. Sie liegt da, und bald wird sie sterben."

Puckis Herz zog sich schmerzhaft zusammen. Wenn eine Mutter starb, das war das Schrecklichste, was es auf der Erde gab.

„Warum muß sie denn sterben?" fragte sie angstvoll.

„Weil die Käthe und die Emma das Fest mitmachen wollten. Nun hat die Mutter noch in der Nacht für sie genäht, und dann ist sie umgefallen. So hat Frau Huber gesagt."

Daß Frau Huber die Nachbarin war, wußte Pucki. Daß die um zwei Jahre älteren Schwestern Thusneldas bei einer Aufführung in der Schule mitwirken sollten, war ihr auch bekannt. Warum aber deswegen eine Mutter sterben sollte, begriff sie nicht. Eine unerklärliche Angst erfaßte sie.

„So sag doch, warum deine Mutter sterben muß?"

Aber Thusnelda lief davon, hinein ins Krankenzimmer. Pucki zögerte ein Weilchen, dann steckte auch sie den Kopf durch den Türspalt. Im Bett lag die fleißige Frau Reichert mit geschlossenen Augen. Sie sah weiß aus. Am Tisch stand Frau Huber und kochte irgend etwas auf dem Spirituskocher.

Aus der Küche tönte jetzt wieder leises Weinen. Pucki ging sofort hinein. Dort saß die Älteste der Reichertschen Kinder, die dreizehnjährige Marie. Pucki setzte sich schweigend zu ihr und wartete betrübt, ob Marie nicht etwas sagen würde. Als sie aber schwieg, sagte Pucki leise:

„Warum muß deine Mutter sterben?“

„Frau Huber sagt, sie hätte zu viel gearbeitet. Den ganzen Tag hat sie Wäsche gewaschen, abends kam sie sehr müde nach Hause. Wir haben gedacht, sie legt sich ins Bett und schläft, weil sie so zeitig wieder fortgeht. Aber sie hat sich nicht ins Bett gelegt, sie hat für Käthe und Emma die neuen Kleider genäht, weil beide für die Aufführung weiße Kleider haben mußten. Da hat sie noch in der Nacht fleißig gearbeitet und nicht geschlafen.“

„Weil sie der Käthe und der Emma Kleider machen wollte – –?“

„Ja, meine Schwestern wollten doch so gern das Schulfest mitmachen. Sie haben in der Schule gesagt, sie könnten nur in weißen Kleidern kommen. Mutter hat doch aber kein Geld, um neue Kleider zu kaufen. Da hat sie eben selbst die Kleider genäht und nicht geschlafen. – Heute nacht höre ich auf einmal, wie etwas fällt. Ich war so erschrocken, und als ich in die Stube komme, liegt die Mutter steif auf dem Boden. Das weiße Kleid hielt sie noch in den Händen.“

„Weißt du was, Marie, ich nehme meiner Mutter die weißen Kleider mit, damit sie sie fertig näht. Oh, das macht sie. Meine Mutti hat schon viel für andere genäht. Dann kann deine Mutter schlafen.“

„Sie macht die Augen nicht mehr auf und sagt auch nichts.“

„Habt ihr schon den Onkel Doktor gerufen?“

„Frau Huber meint, es wird schon wieder besser werden.“

Pucki war jedoch anderer Meinung. Wenn im Forsthaus jemand krank war, wurde sofort der Onkel Doktor gerufen, und der half. Sie wußte genau, wo der Onkel Doktor wohnte. Da wollte sie sogleich einmal hinlaufen und ihn zu der kranken Frau Reichert schicken, damit Thusneldas Mutti nicht zu sterben brauchte.

Kaum war dieser Gedanke in dem Kinderköpfchen entstanden, als Pucki auch schon fortlief, um den guten Onkel Doktor zu holen. Der Arzt war daheim und versprach sogleich mitzukommen.

„Mach sie doch wieder gesund“, bat Pucki, „es sind so viele Kinder dort, da darf die Mutti nicht sterben. – Ach, ich habe so große Angst.“

Der Arzt kam. Er stellte Erschöpfung fest. Die tiefe Ohnmacht, in die Frau Reichert gefallen war, wiederholte sich noch mehrfach. Aber direkte Lebensgefahr bestand nicht. Die Kinder hatten nur einen furchtbaren Schreck bekommen, als sie die Mutter blaß und leblos auf dem Fußboden liegen sahen.

Pucki atmete auf. Sie tröstete rasch Thusnelda noch ein wenig und versprach ihr, daß ihre Mutter die Kleider für die beiden Schwestern nähen würde. Dann verließ sie mit dem guten Onkel Doktor das Haus. Doktor Kolbe hatte sich inzwischen durch Frau Huber über die Verhältnisse orientiert.

„Weil sie die Kleider nähen wollte, ist sie krank geworden“, sagte Pucki.

„Aus übergroßer Liebe zu ihren Kindern hat sich die gute Frau überanstrengt, kleine Pucki. Hier kannst du wieder einmal sehen, was eine Mutter tut, um ihren Kindern eine Freude zu machen.“

„Ja, meine Mutti näht mir auch immer die Kleider.“

„Die gute Frau Reichert hat den ganzen Tag über zu arbeiten. Was sie verdient, braucht sie fürs Leben. Nun wollten ihre beiden Mädchen gern eine Freude haben, doch das Geld für weiße neue Kleider war nicht vorhanden. So hat die brave Frau Reichert außer ihrer schweren Tagesarbeit noch allerlei Näharbeit angenommen, um etwas extra zu verdienen. Von diesen ersparten Pfennigen kaufte sie den Stoff für die Kleider. Sie hat die halben Nächte hindurch gesessen und emsig genäht."

„Da wird sie wohl oft sehr müde gewesen sein?"

„Zum Umfallen müde, mein Kind, doch daran hat sie nicht gedacht, nur immer daran, daß sie ihren Kindern eine Freude machen wollte. Siehst du, Pucki, solche Opfer bringt die Mutterliebe."

„Die halbe Nacht genäht – –" sagte Pucki erstaunt.

„Darum kann ein Kind seiner Mutter gar nicht dankbar genug sein. Jede Mutter bringt an jedem Tage viele Opfer für ihre Kinder."

„Onkel Doktor, meine Mutti ist auch sehr gut, sie näht jetzt für die Reichertschen Mädchen die Kleider fertig."

An der Straßenkreuzung verabschiedete sich Pucki artig von dem Arzt und eilte beschleunigt dem Elternhause zu. Es war heute ohnehin schon eine halbe Stunde später als sonst. Die Eltern würden bereits mit dem Mittagessen warten.

„Du Bummler!" empfing Minna sie. „Wo steckst du denn? Oder mußtest du nachsitzen?"

„Aber Minna, was denkst du! Ich war bei der kranken Mutter von der Thusnelda. Das muß ich der Mutti erzählen."

Man saß bereits beim Essen, als Pucki ins Zimmer trat. Ehe Frau Sandler etwas sagen konnte, hing Pucki an ihrem Halse und drückte die Mutter stürmisch.

„Ich weiß, Mutti, daß eine Mutti jeden Tag für ihre Kinder aus großer Liebe Opfer bringt. Darum habe ich dich so schrecklich lieb, Mutti." Dann eilte sie zum Vater. „Ach, ich habe euch ja so lieb! Immerfort muß ich an Frau Reichert denken. Sie ist auf den Boden gefallen, weil sie aus Mutterliebe die ganze Nacht genäht hat. Da habe ich schnell den Onkel Doktor geholt. Und morgen bringe ich dir die Kleider von der Käthe und der Emma. Bitte, bitte, liebe Mutti, nähe die Kleider fertig! Du bist doch immer so gut und nähst für viele, nun hilfst du sicher auch der kranken Frau Reichert."

Es dauerte eine ganze Weile, ehe Sandlers aus dem Geplauder ihrer kleinen Tochter klug wurden.

„Und nun seid ihr auch nicht böse, daß ich heute so spät heimgekommen bin?"

„Nein, mein liebes Kind, wir sind dir nicht böse", sagte der Vater, „im Gegenteil, du hast sehr klug und überlegt gehandelt. Jetzt legt der Vati eine weiße Bohne in das Kästchen, das bei der Mutti steht."

Pucki sprang jubelnd im Zimmer umher und mußte erst energisch zum Stillsitzen aufgefordert werden.

„Du hast dich ohnehin mit dem Essen verspätet, mein Kind, nun beeile dich."

„Nur vier schlimme Taten und drei gute Taten", stellte Pucki fest. „Da wird der liebe Gott und der große Claus seine Freude haben!"

„Und die schlimmen Taten, die der Harras gefressen hat?"

„Die sind weg, Vati! Die Rose hat auch gesagt, manchmal macht der liebe Gott einen dicken Strich durch alle schlimmen Taten, die der Mensch begangen hat. Das hat der Harras auch so gemacht."

Die Förstersleute lächelten verstohlen. Ihr Kind wußte immer eine Ausrede. Selbstverständlich machte sich Frau Sandler noch am selben Tag auf den Weg nach Rahnsburg, um sich nach dem Befinden der fleißigen Wäscherin zu erkundigen. Es war für die Förstersfrau selbstverständlich, daß sie die Kleider für die beiden Mädchen fertig nähte. Pucki saß indessen in der Küche und erzählte Minna, dem Harras, dem Peter, dem Rehlein Plüschli und den beiden Ziegen, was Mutterliebe für eine schöne Sache sei, und daß eine Mutter für ihre Kinder alles täte. – –

Der Herbst war ins Land gekommen. Er riß von den Bäumen die letzten Blätter. An manchem Morgen war der Garten des Forsthauses damit wie besät. Besonders die Kastanienbäume schüttelten ihre gelben Blätter ab und ließen sie zur Erde fallen. An jedem Morgen ging Minna hinaus in den Garten und harkte die Blätter zusammen. Große Haufen lagen bereits da, und Pucki freute sich schon auf den Tag, an dem der Vater solch einen Haufen in Brand stecken würde. Es sah gar zu lustig aus, wenn der Haufen rauchte, wenn der Vati auch noch das alte Kartoffelkraut und dürre Äste herbeitrug, um alles von den Flammen verzehren zu lassen.

„Vati, brennste den Haufen bald an?“ quälte das Kind tagtäglich. „Aber zünde ihn ja nicht an, wenn ich in der Schule bin. Ich freue mich schon so darauf.“

„Wenn du mir versprichst, nicht immer in den dicken Rauch zu laufen, will ich es tun. Der Haufen muß nun endlich weg, er liegt schon recht lange an seinem Platz.“

„Und wird immer größer, er ist schon wie ein richtiger Berg.“

Eines Tages, als Pucki aus der Schule gekommen war, sagte der Vater: „Heute ist es ganz besonders windstill, heute zünde ich den großen Haufen an.“

In aller Eile wurden die Schularbeiten gemacht. Dann stand das kleine Mädchen neben dem Vater und wartete darauf, daß der Haufen zu rauchen anfange. Minna hatte ihn hoch aufgetürmt. Nun kamen schon die ersten Rauchwolken oben heraus.

Pucki stand artig an der Seite des Vaters, der von Zeit zu Zeit mit einer Stange in dem Haufen stocherte. Jedesmal wurde dann der Rauch noch dicker, und kleine Flämmchen tauchten hier und dort auf.

Ganz plötzlich vernahm Pucki dicht neben ihren Füßen ein Geräusch. Das war nicht das Knistern der Flammen. Die dürren Zweige, die an der einen Seite des Haufens lagen, bewegten sich, und schon kam ein rüsselförmiger kleiner Kopf zum Vorschein. Es war ein Tier mit graubraunem, stacheligem Fell.

„Ein Igel“, rief Pucki jauchzend. „Guck mal, Vati, er kommt aus dem brennenden Haufen heraus. Es ist gut, daß er fortläuft. – Sieh doch, wie schnell er rennt.“

„Ein kluges Tier“, sagte der Förster. „Er will nicht verbrennen.“

„Wir wollen ihm nichts tun, Vati.“

„O nein, Pucki, du weißt doch, der Igel ist ein sehr nützliches Tier, das allerlei Ungeziefer vertilgt.“

„Sieh doch, Vati, jetzt rennt der Igel um den Haufen herum. – Sieh doch, wie fix er läuft! – Guck, immer weiter und weiter. Er soll doch rasch vom Feuer weggehen.“

Interessiert schaute Förster Sandler auf das Tier, das wie besessen um den Haufen lief. Einmal hatte es schon den Haufen umlaufen, nun schoß es wieder an dem Förster vorbei. Es schien in größter Aufregung zu sein.

„Ach“, sagte Pucki, „der ist vor Schreck ganz drieselig. – So lauf doch weg, lieber kleiner Igel, der Haufen wird ja immer heißer! – Nicht wahr, Vati, er hat unter dem Haufen gesessen?“

„Jawohl, Pucki, und nun ist es ihm zu warm geworden. Aber – –“

Förster Sandler schaute nachdenklich auf das Tier. So aufgeregt und närrisch gebärdete sich doch sonst ein Igel nicht. Jetzt lief er schon zum dritten Male um den Haufen herum.

Der Förster eilte nach dem Schuppen, holte eine eiserne Harke und begann, den brennenden Haufen schnell, aber mit allergrößter Vorsicht auseinander zu reißen.

„Vati, du machst ja das Feuer kaputt!“

„Im Haufen ist ein Igelbau, Pucki.“

„Was will der Igel in dem Haufen?“

Förster Sandler hatte keine Zeit, auf seine Tochter zu achten. Immer vorsichtiger arbeitete er. – Richtig, mitten im Gestrüpphaufen, vom Feuer noch nicht erfaßt, weil ganz dicht am Erdboden, wurde der Igelbau gefunden. Wie stachelige kleine Bälle, fest zusammengerollt, lagen drei junge Igel dicht nebeneinander. Schon stürzte die Igelmutter hinzu und rollte eines der Tierchen ein wenig herum, daß es auf dem Rücken lag. Das hatte den kleinen Kopf mit den noch blinden Augen herausgestreckt und sich aufgerollt, so daß die Alte es am Bauche fassen und forttragen konnte. Sehr bald kehrte die Igelmutter zurück und holte auf dieselbe Weise das zweite und dann das dritte Igelkind. Sie lief mit ihnen davon, um ihnen ein neues und sicheres Nest zu bereiten.

„Wie er rennt!" sagte Pucki staunend.

„Hast du bemerkt, mein Kind, wie die arme Igelmutter in Angst war? Wie sie verzweiflungsvoll um den brennenden Haufen eilte, als sie sah, daß ihren Kindern Gefahr drohte?"

„Eine Mutter?"

„Ja, Pucki! Es ging um das Leben ihrer Kinder. – Da opfert sich jede Mutter auf."

„Wenn du nun nicht gemerkt hättest, Vati, daß die Kleinen im Haufen lagen?"

„Dann wären sie verbrannt und vielleicht die Igelmutter mit, denn wenn sie gemerkt hätte, daß die Gefahr immer größer wurde, wäre sie wahrscheinlich in den brennenden Haufen hineingelaufen."

Minutenlang sagte Pucki nichts mehr. Schweigend sah sie zu, wie der Vater das Reisig wieder zusammenwarf, damit der Haufen weiterbrennen konnte.

Plötzlich fühlte Förster Sandler, wie Pucki seine Hand erfaßte. „So viel Mutterliebe hat sie gehabt, daß sie lieber mit verbrannt wäre, als allein zu leben. – Du, Vati, wenn ich einmal in einer Hütte sitze, und sie fängt an, fürchterlich zu brennen, kommst du oder die Mutti dann auch, mich herauszuholen?"

„Jawohl, mein liebes Kind, dann kommen wir auch. Oder meinst du, daß Eltern ihre Kinder verbrennen lassen und sich selber retten?"

„Nein, Vati, das glaube ich nicht. Ich weiß nun schon seit einer ganzen Weile, was Mutterliebe bedeutet, und heute habe ich es bei dem lieben kleinen Tier wieder gesehen. – Ach, Vati, der arme Igel, wie mag er gezittert haben!"

„Siehst du, genau so zittert jede Mutter um das Leben ihres Kindes, wenn ihm Gefahr droht."

Da lief Pucki davon. Frau Sandler stand in der Küche und rührte Apfelmus durch ein Sieb. Pucki schoß wie ein Pfeil auf sie zu und hing ihr am Halse. Sie achtete nicht darauf, daß sie dadurch der Mutter das Sieb aus den Händen riß und der Apfelbrei zu Boden fiel. Aufgeregt rief das Kind:

„Mutti – Mutti – Mutti, ich bin dir so gut! Ach, was bist du für eine liebe Mutter! – Mutti, gib mir einen Kuß! – Wenn ich in Gefahr bin, holst du mich dann auch aus der brennenden Hütte heraus? Mutti, ach Mutti – ich will aber nicht, daß du verbrennst! Du sollst nicht sterben, Mutti, du sollst – du sollst –" Pucki begann heftig zu weinen.

Frau Sandler, die anfangs ärgerlich über die stürmische Art ihres Töchterchens war, begriff nicht, was in ihr kleines Mädchen gefahren war.

„Was ist denn geschehen?"

„Ich möchte dir Dank sagen für deine Liebe – immerfort, immerfort!"

Und wieder drückte das Kind das tränenüberströmte Gesicht in die Schürze der Mutter.

„Komm mit mir ins Wohnzimmer, mein liebes Kind. Dort erzählst du mir, was vorgefallen ist."

Frau Sandler trocknete dem Kind die feuchten Wangen.

Schließlich erfuhr Frau Sandler von ihrem Töchterchen, was sich draußen im Garten ereignet hatte. Sie schloß Pucki fest in ihre Arme und küßte sie herzlich. –

Seit diesem Vorfall war Pucki etwas stiller geworden als früher. Wenn die Mutter etwas für sie arbeitete, saß das Kind schweigsam daneben und schaute auf die Hände, die so emsig schafften. Mitunter kam es dann leise und zärtlich von Puckis Lippen:

„Immerfort arbeitest du für deine Kinder. – Du hast uns doch furchtbar lieb, Mutti."

So hatte Pucki nun erfahren, wie gut Kinder beschützt und behütet sind, wenn Mutterliebe sie bewacht.

Die allerbeste Freundin

„Au“, rief Pucki. Thusnelda zwickte ihre Mitschülerin in den Arm.

„So paß doch endlich auf, Pucki!“

„Au – du hast mich gerade in den blauen Fleck gezwickt, den ich am Arm habe.“

„Sei still“, mahnte Thusnelda. „Fräulein Caspari guckt schon ganz böse zu uns herüber.“

„Wenn du mich doch direkt in meinen blauen Fleck zwickst.“

„Das sagst du immer. Jedesmal, wenn ich dich antippe, hast du einen blauen Fleck.“

„Hab' ich auch“, bestätigte Pucki ernsthaft, „ich werde ihn dir nachher mal zeigen. Meine Arme und meine Beine haben noch viele blaue Flecken.“

„Warum denn?“

„Ich lerne boxen“, flüsterte Pucki geheimnisvoll. „Ich boxe mit Paul und Walter.“

„Du lernst boxen?“

„Ganz heimlich. – Au, das macht Spaß, und manchmal tut es mächtig weh.“

Da fing Thusnelda an, hell zu lachen. Sie vergaß völlig, daß sie sich in der Schule befand. Sie lachte auch noch, als die Lehrerin ihr mit dem Finger drohte.

„Aber Thusnelda“, mahnte Fräulein Caspari endlich, „warum lachst du denn so sehr?“

„Pucki will boxen lernen.“

„Was ist das für ein Unsinn!“ tadelte die Lehrerin.

„Sie hat es doch eben gesagt.“

„Aber Pucki! – Ein Mädchen darf doch nicht boxen.“

„Ach, es ist doch so schön! Es ist noch viel schöner als am Barren turnen. Ich lerne boxen.“

„Ich möchte kein Boxer werden“, sagte die kleine blonde Trude, „ich möchte viel lieber eine Friseuse werden. Dann kann ich mir den ganzen Tag die Haare kringeln. Dann bin ich so schön wie meine Mutter.“

In der Klasse setzte ein lebhaftes Durcheinanderreden ein. Jedes der Mädchen wollte Fräulein Caspari erzählen, was es einmal werden möchte.

„Ich werde ein Mädchen für alle Sachen“, sagte Thusnelda, „dann kann ich kochen, was ich will, alles blank putzen und die Stuben scheuern, daß kein Staub zu finden ist.“

„Und ich werde Lehrerin“, sagte Meta. „Dann müssen mir alle gehorchen, und alle müssen hören, was ich sage.“

„Wenn ich nicht Boxer werden kann“, sagte Pucki nachdenklich, „dann weiß ich noch was anderes Schönes. – Dann werde ich eine Mutti und habe viele Kinder. Die Kinder setze ich dann ganz dicht um mich herum und erzähle ihnen schöne Märchen. Dann haben mich meine Kinder alle furchtbar lieb, und das ist schön. Aber ich weiß noch nicht, was ich werde. Ich muß erst mal mit Paul und Walter reden.“

Schließlich unterbrach Fräulein Caspari die angeregte Plauderei. Die Kinder schwiegen, nur Meta sagte noch:

„Wenn ich erst Lehrerin bin, müssen mir alle gehorchen. Aber ich würde die Kinder noch weiter erzählen lassen. Das ist so schön.“

„Und ich“, sagte Fräulein Caspari streng zu Meta, „verlange, daß du sofort in die Ecke spazierst, denn ich bin schon Lehrerin, und ihr habt mir zu gehorchen.“

Als der Unterricht beendet war, hielt Pucki ihre Freundin Thusnelda fest.

„Willst du mal sehen?" Sie streifte den Ärmel des gestrickten Jumpers hoch und zeigte Thusnelda die zahlreichen blauen Flecken am Arm.

„Ich finde es häßlich", sagte Thusnelda. „Warum boxt du denn mit den frechen Jungens?"

„Weil ich mal ein großer Boxer werden will."

„Ach Pucki, ich würde das Boxen lieber bleiben lassen, das gefällt mir nicht."

„Aber, es macht mir doch so viel Spaß!"

„Erlaubt denn deine Mutter, daß du dich mit den Niepeljungen boxt?"

„Das habe ich ihr gar nicht gesagt", erwiderte Pucki leise.

„Ich sage meiner Mutter alles."

„Ich auch, aber wenn es eine Überraschung werden soll, sage ich es nicht."

Tatsächlich benutzte das Kind seine Besuche bei Niepels dazu, um mit Walter oder Paul heimlich zu boxen. Die beiden Knaben hatten sich aus Lappen dicke Boxhandschuhe gefertigt, und in einer leeren Scheune wurde der Boxkampf geübt. Wäre Pucki nicht so sehr gewandt gewesen, dann hätte sie wohl schon manchen bösen Schlag erhalten. Doch sie wich dem Angreifer immer mit großer Geschicklichkeit aus. Während in der Scheune geboxt wurde, mußte Fritz draußen aufpassen, damit weder Vater noch Herr Hupfer kamen und den Kampf störten. Es ging dabei natürlich nicht ohne Geschrei ab.

Auch heute freute sich das kleine Försterskind wieder auf das Boxen, das in der Niepelschen Scheune geübt werden sollte. Waltraut spielte im Zimmer mit der kleinen Dora. Die beiden Kinder hatten ihre Puppen und kümmerten sich nicht um die anderen. Paul hatte die beiden Mädchen für heute aufs Gut geladen, weil der Hauslehrer seinen freien Nachmittag hatte und nach Rahnsburg fahren wollte.

Nachdem alle im Gutshause Kaffee getrunken hatten, liefen die drei Knaben mit Pucki nach der Scheune. Dort wurden die Boxhandschuhe hervorgeholt.

„Heute wird's ernst“, sagte Paul, „ich habe zwei neue Boxhandschuhe. Ich habe 'ne alte Lederjacke gefunden; daraus habe ich mir echte Boxhandschuhe gemacht. Heute knallt es.“

Pucki betrachtete kritisch die unförmigen und derben Wülste, die sich Paul von Walter um das Handgelenk festbinden ließ.

„Wo das hintrifft“, sagte Walter, „wächst kein Gras mehr.“

Dann ging es los. Schon nach den ersten Schlägen verzog Pucki schmerzhaft das Gesicht.

„Nein“, sagte sie energisch, „mit so harten Dingern boxt man nicht. Das geht nicht. Wenn du damit ins Gesicht triffst, geht meine Nase kaputt.“

„Feigling!“ klang es zurück.

„Ich bin kein Feigling“, rief Pucki erzürnt. „Also los!“

Schon nach wenigen Sekunden ertönte ein lauter Schmerzensschrei. Paul hatte Pucki mit dem Lederhandschuh derb aufs Ohr geschlagen. Das Kind fiel zu Boden. Für Augenblicke war es Pucki, als sei alles schwarz um sie herum.

„K. o.!“ schrie Walter.

Pucki sagte gar nichts darauf. Sie erhob sich langsam, taumelte und fiel wieder zu Boden.

„Was ist denn los?“ riefen die Knaben besorgt. Fritz stand außerhalb der Scheune, um aufzupassen.

„Es tut so weh!“

Die Boxhandschuhe wurden abgelegt, und hastig kleideten sich die Knaben wieder an. Pucki saß in der Ecke der Scheune und hielt sich das Ohr.

„Ein Zahn wackelt." Die Finger des Kindes wanderten in den Mund. Als sie wieder herausgenommen wurden, waren sie blutig. Da begann Pucki laut zu weinen. Die beiden Knaben setzten sich sorgenvoll neben sie.

„Es ist doch nicht schlimm", tröstete Walter, „es hört gleich wieder auf."

Aber Pucki schrie immer noch lauter. Da kam Fritz in die Scheune gelaufen.

„Macht doch keinen Krach, der Vater kommt!"

„Es tut so weh", klagte das Mädchen.

Das Weinen wollte nicht verstummen. Die Scheunentür öffnete sich, und Gutsbesitzer Niepel kam herein.

„Nanu – was ist denn hier los?"

Erst schwiegen alle, dann mußten Paul und Walter ein Geständnis ablegen. Herr Niepel wandte sich sogleich an Pucki.

„Wo schmerzt es denn?"

„Alles tut mir weh, der ganze Kopf." Pucki lehnte das Köpfchen müde an die Schulter Niepels, der das Kind auf den Arm genommen hatte. Er trug es ins Haus. Die Zähne bluteten noch immer stark. Dann wurden Paul und Walter eingehend verhört. Sie mußten die Lederhandschuhe zeigen, mit denen Pucki geschlagen worden war.

„Ich lasse sogleich anspannen", sagte er zu seiner Frau, „und die Kinder ins Forsthaus zurückbringen. Es kann sein, daß der Schlag schlimme Folgen hat. Aber mit meinen Jungens werde ich einmal ordentlich abrechnen. Zehnjährige sollten schon wissen, daß sie nicht derartig zuschlagen dürfen."

Im Forsthause war man sehr bestürzt, als Frau Niepel mit den beiden Mädchen ankam. Pucki weinte noch immer leise vor sich hin. Immer wieder drückte sie die Hand an das schmerzende Ohr. Die linke Wange war angeschwollen.

„Es wird das beste sein, wir lassen Doktor Kolbe kommen."

Man telefonierte nach dem Arzt. Während der eingehenden Untersuchung wurden seine Mienen immer ernster.

„Ich kann Genaues jetzt noch nicht sagen, Frau Sandler, doch fürchte ich, daß die Kleine viel aushalten muß. Der Vorwitz bekommt wieder einmal eine harte Strafe."

Doktor Kolbe behielt recht. Rasende Schmerzen stellten sich bald ein. Pucki wurde zu Bett gebracht und fand auch des Nachts keinen Schlaf. Weinend und stöhnend wälzte sie sich in den Kissen. Die Mutter stand häufig auf, um dem leidenden Kinde durch heiße Umschläge die Schmerzen im Ohr zu mildern.

„Ach, Mutti, warum habe ich geboxt!"

„Ich glaube, du wirst es nun unterlassen, mein Kind."

„Nie wieder, liebe Mutti! – Ach, es tut ja so weh!"

Eines Tages hörte Pucki, wie der Onkel Doktor mit der Mutti flüsterte. Er sprach davon, daß Pucki vielleicht ins Krankenhaus müßte.

Und nun war das Kind in größter Angst. Es sollte fort von Vater und Mutter, in ein großes Haus, zu fremden Menschen?

Tage größter Unruhe vergingen. Die Schmerzen ließen nicht nach. Pucki hatte die frischen roten Bäcklein verloren, Essen und Trinken schmeckten nicht mehr. Wenn sie nachts wach lag und sich im Bettchen wälzte, mußte sie daran denken, wie ungehorsam sie gewesen war. Was hatte der Onkel Oberförster gesagt? Wenn sie weiterhin so unnütz wäre, würde sie bald niemand mehr lieb haben. Sie würde bald keine Freundinnen mehr besitzen.

Da weinte das Kind noch heftiger. Und plötzlich fiel ihr ein, daß noch keine der Schulfreundinnen zu ihr gekommen war, obwohl sie nun schon mehr als acht Tage im Bett lag und große Schmerzen hatte.

„Mutti", schluchzte sie, „ich habe gedacht, ich hätte so viele Freunde, und nun habe ich gar keine. Sie mögen mich alle nicht mehr leiden. Nur der Harras kommt zu mir und der Peter."

„Du irrst, Pucki, es sind schon so viele kleine Mädchen aus deiner Klasse hier gewesen, um dich zu sehen. Aber der Onkel Doktor hat nicht erlaubt, daß sie zu dir kommen dürfen. Erst muß es dir wieder besser gehen, erst müssen wir wissen, ob dein Ohr nicht noch kränker wird."

„Du gute Mutti – – du kommst immer zu mir, bei Tag und bei Nacht. Nicht einmal ruhig schlafen kannst du."

Wieder vergingen zwei Tage. An einem wunderschönen Oktobermorgen, als Minna die Fenster des Krankenzimmers weit öffnete, flogen zwei Finken aufs Fensterbrett. Pucki sah die beiden Vögel.

„Ihr lieben Tierchen, kommt ihr doch zu mir? Wundert ihr euch, warum ich nicht im Garten bin?"

Das Kind lauschte beglückt dem leisen Piepen der Tiere.

Der treue Harras kam täglich ans Bett des Kindes, legte sich am Boden nieder und schaute mit traurigen Augen zu seiner kleinen Spielgefährtin auf. Und wenn Pucki leise stöhnte, ließ auch er ein kurzes Jaulen hören. Dann setzte er sich auf die Hinterpfoten, legte die Vorderbeine aufs Bett des Kindes und schaute es treuherzig an.

„Du hast mich doch noch lieb? Die anderen mögen mich alle nicht mehr leiden, dabei haben sie in das Buch der Freundschaft geschrieben, daß sie mich lieb haben."

In der Schule fragten alle Kinder immer wieder nach Pucki. Sie sehnten sich nach der fröhlichen Kameradin. Und als es eines Tages hieß, daß nun endlich ein Besuch im Forsthaus vom Arzt erlaubt sei, brach lauter Jubel in der Klasse aus.

„Ich gehe zu Pucki!"

„Nein, ich! Ich bringe ihr Schokolade mit!"

„Meine Mutter bäckt Waffeln, weil Pucki Waffeln so gerne ißt."

„Ich gehe auch hin", sagte Thusnelda. „Ich habe fünfzig Pfennige geschenkt bekommen, davon kaufe ich Pucki ganz etwas Schönes."

In der Pause standen die Mädchen zusammen und berieten, wie sie die Schulfreundin erfreuen könnten. Auf allen Gesichtern lag helle Freude, daß sie nun endlich ins Forsthaus zu Pucki gehen durften.

Am Nachmittag pilgerte eine Schar kleiner Mädchen und Knaben hinaus zum Forsthaus Birkenhain. Jeder trug ein kleines Päckchen, jeder wollte Pucki eine Freude bereiten.

Frau Sandler blickte voller Erstaunen auf die Ankommenden. Soviel Besuch würde dem kranken Mädchen nicht gut tun. Doch die Kinder versprachen, sehr ruhig zu sein, sie wollten die Freundin nur wiedersehen und ihr ihre Gaben bringen.

Leise öffnete Frau Sandler die Tür zum Krankenzimmer. Auf Zehenspitzen gingen die Kinder zum Bett. Im Flüstertone sagte die erste:

„Wir sind alle da, liebe Pucki, du tust uns so leid. – Bist du nun bald wieder gesund? Wir haben dich doch so lieb."

Puckis Augen glitten über die Klassenfreundinnen hinweg. Ein beglückendes Gefühl kam über das kleine Mädchen, als eine nach der anderen an das Bett trat und voll liebevoller Rücksichtnahme etwas sagte und dabei das mitgebrachte Geschenk auf die Bettdecke legte. Nun kamen alle zu ihr, standen an ihrem Bett und sagten ihr ein liebes Wort.

„Wir mögen dich doch alle so gut leiden, Pucki."

„Du bist meine allerbeste Freundin."

„Ich habe immerfort gedacht, wie ich dir eine Freude machen kann."

Pucki konnte nicht antworten. Die Liebe, die ihr heute von allen Seiten gezeigt wurde, überwältigte sie. Noch vor zwei Tagen war sie ja in dem Glauben gewesen, daß niemand mehr etwas von ihr wissen wollte. Und heute kamen so viele zu ihr, um ihr etwas zu schenken. Heute bestätigten die Mitschülerinnen, daß man sie lieb hätte. Das waren also alles ihre Freundinnen.

„Wir sind sehr traurig, wenn du nicht bei uns bist. Werde nur bald wieder gesund."

Frau Sandler brauchte nur einen kleinen Wink zu geben, und folgsam verließen die Kinder wieder auf Zehenspitzen das Krankenzimmer.

Pucki blickte ihnen nach. Sie hatte keinen Blick für die vielen Geschenke, die auf dem Tisch und auf der Bettdecke lagen. Sie schaute nur auf die Fortgehenden.

„Wie lieb sie mich haben! – Sie sind alle meine guten Freundinnen. Ich will sie aber auch alle genau so lieb haben und will nie wieder häßlich zu ihnen sein."

Noch am Abend kamen Herr und Frau Niepel mit den drei Knaben. Paul und Walter verhielten sich sehr still. Paul reichte Pucki nur zögernd die Hand.

„Kannst du mich noch leiden, Pucki? Ich hab' dir doch so weh getan."

„Ach, Paul, ich freue mich so sehr, daß du zu mir kommst."

Am nächsten Vormittag kam noch mehr Besuch. Erst war der Oberförster da, dann kam die Schmanzbäuerin, und sogar der Apotheker aus Rahnsburg kam mit seiner Frau. Die Schmanzbäuerin brachte dem Kinde ein großes Säckchen mit Backbirnen. Es waren die ganz guten, die abgeschälten, die Pucki nur in den allerseltensten Fällen einmal bekam. Der Oberförster brachte eine Puppe, die sprechen konnte, und Claus schickte dem kranken Kinde ein Geduldspiel. Es türmten sich die Geschenke auf dem Tisch am Krankenbett. So wurde das kleine Mädchen durch all die Liebe erfreut, die man ihm zeigte.

„Onkel Oberförster, ich bin so froh, ich kann gar nicht sagen, wie sehr. Alle haben mich lieb."

„Weil wir alle hoffen, mein Kind, daß aus der wilden Pucki nun endlich ein braves, artiges Mädchen wird. – Siehst du nun ein, daß jeder dumme Streich bestraft wird?"

„Das habe ich schon lange eingesehen, Onkel Oberförster."

Die Besuche im Forsthause hörten nicht mehr auf. Außer Fräulein Caspari kamen verschiedene Rahnsburger Bekannte, ja sogar der

Schmanzbauer machte am Forsthaus halt und sah nach dem Kinde. Und immer wieder kamen die Mitschülerinnen. Von Claus traf noch ein sehr lieber Brief ein, den Pucki immer wieder las. Auch Rose Scheele hatte geschrieben. Man hatte ihr den Unfall der Freundin mitgeteilt. Nun war sie in größter Sorge um die Freundin. Sie schickte Pucki eine Decke für den Puppenwagen.

„Ach, Mutti", sagte die Kranke, „alle sind so gut. Und ich weiß genau, daß ich oft unartig war. Das wird jetzt ganz bestimmt anders. – Mutti, wenn ich wieder gesund bin, werde ich immerfort daran denken, daß ich nicht in das große Krankenhaus brauchte, und daß du mich so lieb gepflegt hast."

Noch immer durfte Pucki nicht aufstehen, denn die Schmerzen im Ohr waren noch vorhanden. Doktor Kolbe hatte jedoch versichert, daß Pucki bald wieder gesund werden würde.

„Du hast deinen Eltern sehr viel Sorgen gemacht", sagte Förster Sandler, „hinter deiner Mutter liegt eine schwere Zeit. Versuche es ihr zu danken."

Da lag nun Pucki eines Nachts wieder wach im Bett. Abermals merkte sie einen schmerzhaften Stich im Ohr. Das geschah noch öfters. Ein leises Stöhnen kam über ihre Lippen. Sie hörte, wie sich die Mutter, die seit Puckis Erkrankung im Kinderzimmer schlief, leise erhob. Da schloß das Kind die Augen und blinzelte nur ein ganz klein wenig unter den Lidern hervor. Der Schein der abgeblendeten Nachtlampe fiel auf der Mutter Gesicht. Wie sorgenvoll sie aussah!

Und plötzlich schlug Pucki die Augen auf. Da schwand auch der Kummer aus dem Gesicht der Mutter. Sie konnte lächeln. Und das war für Pucki in dieser Nacht etwas ganz Großes und Schönes.

„Mutti", flüsterte Pucki, „alle Freundinnen sind zu mir gekommen, die großen und die kleinen, und alle haben mich glücklich gemacht. Aber die liebste und beste bist du doch, liebe Mutti. Du bist meine beste Freundin!"

Frau Sandler beugte sich nieder und umarmte ihr kleines Mädchen. Behutsam legte Pucki beide Hände ans Gesicht der Mutter und streichelte sie.

„Du allerbeste, du allerliebste Mutti, du!“